# 中国国情调研丛书
## 乡镇卷
China's national conditions survey Series
**Vol . towns**

中国国情调研丛书·乡镇卷
China's national conditions survey Series · **Vol towns**

主 编 刘树成
　　　吴太昌

# 贵州省贵阳市青岩镇
# 经济与社会发展调研报告

## Research Reports on Economic and Social Development
## of Qingyan Town, Guiyang City, Guizhou Province

吴延兵 刘霞辉 张平等 著

中国社会科学出版社

**图书在版编目（CIP）数据**

贵州省贵阳市青岩镇经济与社会发展调研报告/吴延兵、刘霞辉、张平等著．—北京：中国社会科学出版社，2008.11

ISBN 978 - 7 - 5004 - 6713 - 7

Ⅰ. 贵…　Ⅱ.①吴…②刘…③张…　Ⅲ.①乡镇 - 地区经济 - 经济发展 - 调查报告 - 贵阳市②乡镇 - 社会发展 - 调查报告 - 贵阳市　Ⅳ. F127.735

中国版本图书馆 CIP 数据核字（2008）第 184519 号

| | |
|---|---|
| 责任编辑 | 储诚喜 |
| 责任校对 | 王应来 |
| 封面设计 | 李　勤 |
| 版式设计 | 王炳图 |

出版发行　中国社会科学出版社

社　　址　北京鼓楼西大街甲 158 号　　　邮　编　100720
电　　话　010—84029450（邮购）
网　　址　http://www.csspw.cn
经　　销　新华书店
印　　刷　北京一二零一印刷厂
版　　次　2008 年 12 月第 1 版　　　印　次　2008 年 12 月第 1 次印刷
开　　本　710×1000　1/16
印　　张　10.25　　　　　　　　　　　插　页　2
字　　数　167 千字
定　　价　22.00 元

中国国情调研丛书·企业卷·乡镇卷·村庄卷

# 总 序

陈佳贵

　　为了贯彻党中央的指示，充分发挥中国社会科学院思想库和智囊团作用，进一步推进理论创新，提高哲学社会科学研究水平，2006 年中国社会科学院开始实施"国情调研"项目。

　　改革开放以来，尤其是经历了近 30 年的改革开放进程，我国已经进入了一个新的历史时期，我国的国情发生了很大变化。从经济国情角度看，伴随着市场化改革的深入和工业化进程的推进，我国经济实现了连续近 30 年的高速增长。我国已经具有庞大的经济总量，整体经济实力显著增强，到 2006 年，我国国内生产总值达到了 209407 亿元，约合 2.67 亿美元，列世界第四位；我国经济结构也得到优化，产业结构不断升级，第一产业产值的比重从 1978 年的 27.9% 下降到 2006 年的 11.8%，第三产业产值的比重从 1978 年的 24.2% 上升到 2006 年的 39.5%；2006 年，我国实际利用外资为 630.21 亿美元，列世界第四位，进出口总额达 1.76 亿美元，列世界第三位；我国人民生活水平不断改善，城市化水平不断提升。2006 年，我国城镇居民家庭人均可支配收入从 1978 年的 343.4 元上升到 11759 元，恩格尔系数从 57.5% 下降到 35.8%，农村居民家庭人均纯收入从 133.6 元上升到 3587 元，恩格尔系数从 67.7% 下降到 43%，人口城市化率从 1978 年的 17.92% 上升到 2006 年的 43.9% 以上。经济的高速发展，必然引起国情的变化。我们的研究表明，我国的经济国情已经逐渐从一个农业经济大国转变为一个工业经济大国。但是，这只是从总体上对我国经济国情的分析判断，还缺少对我国经济国情变化分析的微观基础。这需要对我国基层单位进行详细的分析研究。实际上，深入基层进行调查研究，坚持理论与实际相结合，由此制定和执行正确的路线方针政策，是我们党领导革命、建设与改革的基本经验和基本工作方法。进行国情调研，也必须深入基层，只有深入基层，才能真正了解我国国情。

为此，中国社会科学院经济学部组织了针对我国企业、乡镇和村庄三类基层单位的国情调研活动。据国家统计局的最近一次普查，到 2005 年底，我国有国营农场 0.19 万家，国有以及规模以上非国有工业企业 27.18 万家，建筑业企业 5.88 万家；乡政府 1.66 万个，镇政府 1.89 万个，村民委员会 64.01 万个。这些基层单位是我国社会经济的细胞，是我国经济运行和社会进步的基础。要真正了解我国国情，必须对这些基层单位的构成要素、体制结构、运行机制以及生存发展状况进行深入的调查研究。

在国情调研的具体组织方面，中国社会科学院经济学部组织的调研由我牵头，第一期安排了三个大的长期的调研项目，分别是"中国企业调研"、"中国乡镇调研"和"中国村庄调研"。"中国乡镇调研"由刘树成同志和吴太昌同志具体负责，"中国村庄调研"由张晓山同志和蔡昉同志具体负责，"中国企业调研"由我和黄群慧同志具体负责。第一期项目时间为三年（2006—2008），每个项目至少选择 30 个调研对象。经过一年多的调查研究，这些调研活动已经取得了初步成果，分别形成了《中国国情调研丛书·企业卷》、《中国国情调研丛书·乡镇卷》和《中国国情调研丛书·村庄卷》。今后这三个国情调研项目的调研成果，还会陆续收录到这三卷书中。我们期望，通过《中国国情调研丛书·企业卷》、《中国国情调研丛书·乡镇卷》和《中国国情调研丛书·村庄卷》这三卷书，能够在一定程度上反映和描述在 21 世纪初期工业化、市场化、国际化和信息化的背景下，我国企业、乡镇和村庄的发展变化。

国情调研是一个需要不断进行的过程，以后我们还会在第一期国情调研项目基础上将这三个国情调研项目滚动开展下去，全面持续地反映我国基层单位的发展变化，为国家的科学决策服务，为提高科研水平服务，为社会科学理论创新服务。《中国国情调研丛书·企业卷》、《中国国情调研丛书·乡镇卷》和《中国国情调研丛书·村庄卷》这三卷书也会在此基础上不断丰富和完善。

2007 年 9 月

中国国情调研丛书·乡镇卷

# 序 言

中国社会科学院在 2006 年正式启动了中国国情调研项目。该项目为期 3 年，将于 2008 年结束。经济学部负责该项目的调研分为企业、乡镇和村庄 3 个部分，经济研究所负责具体组织其中乡镇调研的任务，经济学部中的各个研究所都有参与。乡镇调研计划在全国范围内选择 30 个乡镇进行，每年 10 个，在 3 年内全部完成。

乡镇作为我国最基层的政府机构和行政区划，在我国社会经济发展中，特别是在城镇化和社会主义新农村建设中起着非常重要的作用，担负着艰巨的任务。通过个案调查，解剖麻雀，管窥蠡测，能够真正掌握乡镇层次的真实情况。乡镇调研可为党和政府在新的历史阶段贯彻城乡统筹发展，实施工业反哺农业、城市支持乡村，建设社会主义新农村提供详细具体的情况和建设性意见，同时达到培养人才，锻炼队伍，推进理论创新和对国情的认识，提高科研人员理论联系实际能力和实事求是学风之目的。我们组织科研力量，经过反复讨论，制定了乡镇调研提纲。在调研提纲中，规定了必须调查的内容和自选调查的内容。必须调查的内容主要有乡镇基本经济发展情况、政府职能变化情况、社会和治安情况三大部分。自选调查内容主要是指根据课题研究需要和客观条件可能进行的各类专题调查。同时，调研提纲还附录了基本统计表。每个调研课题可以参照各自调研对象的具体情况，尽可能多地完成和满足统计表所规定的要求。

每个调研的乡镇为一个课题组。对于乡镇调研对象的选择，我们没有特别指定地点。最终确定的调研对象完全是由课题组自己决定的。现在看来，由课题组自行选取调研对象好处很多。第一，所调研的乡镇大都是自己工作或生活过的地方，有的还是自己的家乡。这样无形之中节约了人力和财力，降低了调研成本。同时又能够在规定的期限之内，用最经济的支出，完成所担负的任务。第二，在自己熟悉的地方调研，能够很快地深入下去，同当地的父老乡亲打成一片、融为一体。通过相互间无拘束和无顾忌的交流，能够较快地获得真实的第一手材料，为最终调研成果的形成打下良好的基础。第三，便于同当地的有关部门、有关机构和有关人员加强联系，建立互惠共赢的合作关系。还可以在他们的支持和协助下，利用双方各自的优势，共同开展对当地社会经济发展状况的研究。

第一批的乡镇调研活动已经结束，第二批和第三批的调研将如期进行。在第一批乡镇调研成果即将付梓之际，我们要感谢经济学部和院科研局的具体安排落实。同时感谢调研当地的干部和群众，没有他们的鼎力支持和坦诚相助，要想在较短时间内又好又快地完成调研任务几乎没有可能。最后要感谢中国社会科学出版社的领导和编辑人员，没有他们高效和辛勤的劳动，我们所完成的乡镇调研成果就很难用最快的速度以飨读者。

# 目　录

# 第一章

# 历史沿革

## 第一节　元明清及民国时期的建置沿革

### 一　元代在青岩附近的建置

贵州地处边陲，元世祖至元二十四年（1287年）置金筑府。至元二十九年（1292年）置八番顺元等处宣慰司都元帅府，驻顺元城。顺元城即后来的贵阳城，至此，贵阳始有行政建置的记载。

而贵州尚未设省，只在贵州境内设路、府、州、县的行政机构，如顺元路、普安路、金府路等。各路设宣慰使司、安抚使司。府州县以下设长官司。顺元路有29个长官司。

顺元城南面距城30里至70里之间，元代设有白纳县。元代的中曹白纳长官司就设在这个县的阿耸寨，该寨即今中曹。明弘治《贵州图经新志》载："中曹蛮夷长官司在贵州治域（贵阳城）南三十里，元为白纳县阿耸寨地。后改中曹白纳长官司，地亦属焉。"白纳长官司因位于白纳县而得名。白纳长官周氏，名周朝聘，庐陵人，明太祖时从傅友德征九股苗及铜鼓、平越、番庐山、贵州黑羊箐诸苗有功，授白纳长官司，有印，可世袭。白纳长官司副长官赵氏，名赵仲祖，真定人，可世袭，无印。白纳长官司衙门设在今黔陶乡骑龙。青岩距黔陶仅8公里，因此，青岩在元代时属白纳县境内的一个自然村，当时尚未在此设立行政机构。

### 二　明代的建置

明王朝建立后，派大量军队进入贵州，政权巩固后留在贵州，实行屯田，自给自足，还可以完纳税粮。青岩被指定作为军队屯田的一个基层单位，叫百户所。当时军队的编制称卫，驻某地即称某卫，驻贵州的即称贵州卫。每卫5600人。卫之下设5个千户所（分前、后、左、右、中千户），每千户1220人，下设10个百户所，每百户有士卒120人，设总旗2人，每总旗领50人。小旗10人，每小旗领兵10人。总旗授田24亩，小旗授田20亩，士卒授田18亩。道光《贵阳府志》卷三十四《城郭图记》载："青岩城，在贵阳府西南五十里，明天启时建，有门四，嘉庆三年，武举袁大鹏重修。今为定广协，青岩汛把总所驻。"

明洪武十五年（1382年）置贵州都指挥使领贵州等18卫，洪武二十六年（1393年）又增置贵州前卫。贵州前卫仍领前、后、左、右、中5个千户所，中千户所的第九个百户所就驻青岩。因此明弘治《贵州图经新志》说："青岩在治城（贵阳城）南五十里，贵州前卫屯田其下。""屯田其下"，指屯田青岩狮子山下。至此，青岩作为军队屯田的百户所，正式设治。驻扎青岩屯田的军队，为了驻地的安全和防御，修建了青岩堡。从明洪武二十六年（1393年）建堡时间算起，距今已有600余年的历史。

青岩是地名，因其地岩石多为青色，为青岩。当时青岩堡的面积，据《贵阳府志·疆土图志》载："其东四里至余庆堡（今歪脚寨），南七里至广顺州首善里新哨，西六里至广顺州首善里龙井寨，北十里至桐木岭。"青岩堡最早百户长的姓名，史书无记载。

明天启二年（1622年），贵州爆发了一场土司反明的大规模战争。水西土司安邦彦、奢崇明联合水东土司宋万化，攻陷安顺、平坝、龙里等地，进而围攻贵阳。贵州卫和贵州前卫的屯田官兵腐败无力抵抗，闻风溃散。青岩土民班麟贵起而协助官军，"四年，从解贵阳围有功，授指挥同知。已而自建青岩城，控制八番十二司，即用为土守备"。指挥同知即卫指挥使的副职，守备是临时指派分守一城一地的军官，无固定品级。从此，青岩已由明初的百户所上升为指挥同知署。

### 三 清代的建置

清顺治十五年（1658年），清军进入贵州，地方当局仍准班应寿袭贵州前卫指挥同知职。顺治十六年（1659年），滇黔局势大定，遂将青岩改为青岩土弁（从七品），相当于管理番民的长官司的副职。道光《贵阳府志》卷八十八《土司传下》载："青岩外委土舍班氏，名班麟贵，天启年三年，以土

**图 1.1　鸟瞰青岩古镇**

**图 1.2　青岩古镇的镇门"定广门"**

人以征苗，四年，从解贵阳围有功，授指挥同知。已而自建青岩城，控制八番十二司，即用为土守备，准世袭。"康熙年间，清廷对土司的政策更加严厉。一因其政权已经巩固，二因明天启变乱之后，贵州土司武装已被基本解除，这对于清廷治理土司和推行"改土归流"政策创造了有利条件。于是，清廷对贵州土司削爵降级，或停止世袭，或增副职以分其权。其时在中曹长官司、白纳长官司都增了副长官，并派流官充任，加以钳制，以期达到彻底消灭土司制度。

康熙十二年（1673年），改青岩土弁为青岩营。按清代绿营编制，守备以下为营，又称土千总（从八品）。康熙三十四年（1695年），又将青岩营改为外委土舍。

乾隆十四年（1749年），改青岩外委土舍为青岩土弁。

道光年间，改青岩土弁为青岩长官司。据道光《贵阳府志》载："青岩司管寨二十七，青岩城有场二。（管寨二十七，大概包括城内二场，实际只有二十五寨）。寨名如下：甲定寨、滚坡寨、虎落寨、蒋台寨、竹林寨、小马场面、半边街、龙海寨、拐树寨、上板桥墩、下板桥、大马场面、弓腰寨、开花寨、栗木寨、桐木岭、大摆肘、小摆肘、甲赠寨、批摆寨、水部龙落、大塘寨、孙家寨、下黄汤、上黄汤。"

光绪七年（1881年），改青岩司为青岩土千总，直到宣统三年（1911年）清朝统治结束。

## 四　民国时期的建置

民国3年（1914年），改贵阳府为贵阳县，青岩属贵阳县管辖，称青岩镇。

民国9年（1920年），贵阳城外由贵阳县管辖，分为九个区，称为外九区，即中区、东一区、东二区、南一区、南二区、西一区、西二区、北一区、北二区。青岩镇属南一区，区公所驻青岩城，辖青岩及泰和、蒙贡、余庆、凤鸣、思潜、西贡6个乡。

民国19年（1930年），按《区自治施行法》规定，将青岩由南一区改为第四区，区公所仍驻青岩城。辖青岩镇、高坡镇及蒙贡、白正、后新、摆笼、云顶、甲定、夺上、长田、上马、海龙、思潜、桐野、桐木、西坝、石头、乐平、泰和、永和、余庆、凤鸣20个乡。民国25年（1936年），调整基层行政建置，在9个区之下增设联保一级，联保之下设乡。每个联保辖几个乡不等，乡以下辖若干保。青岩镇仍属第四区，区公所驻青岩城，辖青岩镇、凤鸣乡、石头乡、桐野乡、高坡乡5个联保。

民国26年（1937年），贵阳县将所属9个区改为6个区，下设35个联保，190个乡镇。青岩由第四区改为第六区，区公所驻青岩城。下辖5个联保。第一联保主任办公处驻青岩，领东门、西门、南门、北门、中街5保；第二联保主任办公处驻凤鸣，领凤鸣、太和、长田、不头4乡；第三联保主任办公处驻桐野、余庆、思潜、海龙 4 乡；第四联保主任办公处驻黔陶，领黔陶、谷洒、河西、栗木、赵司、杨眉 5 乡；第五联保主任办公处驻高坡，领高坡、白正、洞口、摆龙 4 乡。

此后，改以一、二、三、四等编号作为联保名称，后又将联保改为大乡，即青岩、凤鸣、桐野、黔陶、高坡 5 个大乡。这一建置直到民国 30 年（1941 年）贵阳市政府成立。贵阳市政府正式成立后，将贵阳县改为贵筑县，县政府驻花溪。青岩镇属贵筑县燕楼区管辖，辖东外、东南一、南二、南外、北门、场坝、中街油榨房、下寨、高寨、余庆 10 保。民国 33 年（1944 年），青岩改为乡，属燕楼区。青岩乡公所驻青岩城，辖 14 保，148 甲，共有 771 户，8092 人。

## 第二节　中华人民共和国成立后的建置沿革

### 一　区、乡镇、人民公社时期的建置沿革

1949 年 11 月贵阳县解放，后改为贵筑县。12 月，贵筑县调整为 4 个区：花溪区、白云区、水田区、青岩区。

1950 年 7 月，重新调整区乡，青岩区调整为二、三两个区。二区辖青岩、黔陶、高坡 3 乡及青岩镇，区政府驻青岩城。三区（由青岩区划出成立）辖党武、燕楼、固曾 3 乡，区政府驻党武。

1951 年，贵筑县共设 11 个区，下辖 91 个乡及青岩、花溪两镇。将原属第二区（青岩区）的高坡乡划出，成立高坡苗族自治区。

1952 年，重新调整区乡，贵筑县仍领 11 区，青岩镇属第二区，区政府驻青岩，辖青岩镇及新哨、歪脚、杨眉、龙井、新楼、黔陶、赵司、翁鸦 8 个乡。

1954 年，贵筑县改为贵阳市辖县。根据国务院《关于市县辖区公所名称改按地名称呼》的规定（即不用数字编号作名称），青岩由第二区改称青岩区。

1955 年春，贵阳市人民政府改称贵阳市人民委员会，青岩区公所改称青岩区人民委员会。

1956 年，贵筑县将 11 区合并为 6 个区，即青岩区、党武区、石板区、白云区、水田区、羊昌区。将小乡合并为大乡，青岩区原辖青岩镇及 8 个小乡，合并后只辖青岩镇及黔陶、新哨 2 个乡。

（一）街道生产大队

1958 年，青岩人民公社成立，公社驻青岩镇。城内属居民管理区，居民管理区有 3 条街在城附近，以从事家庭生产者为多，编为 3 个生产大队，即南街生产大队、西街生产大队、北街生产大队。三个街道生产大队共 765 户，3754 人。

1. 南街生产大队。辖地在青岩南门外，明万历四十年（1612 年）属广顺州首善里。民国 20 年（1931 年）属青岩镇，隶贵阳县。民国 30 年（1941 年）设南外保，属青岩镇，隶贵筑县。解放后为行政村，隶青岩镇。1958 年成立生产大队，以在青岩南街外而得名，属青岩管理区，隶青岩公社，共 7 个生产队。共居住汉族、布依族、满族 250 户，1306 人。耕地面积为水田 429 亩，土 271 亩。共有 4 个自然村。

（1）坡背后自然村。位于镇政府驻地西南 1.5 公里处。该村在朱家坡南面，从青岩望去则在朱家坡背后，故名。属南街生产大队第一、二生产队。居住汉、满、布依族共 74 户，388 人。有田 37 亩，土 2 亩，以种水稻为主。

（2）菜园头自然村。位于镇政府驻地南偏西 0.7 公里处。因原为一片菜园地而得名，居住汉、苗族共 63 户，325 人。以种植蔬菜为主，为南街生产大队第七生产队。

（3）晒粉坡自然村。位于镇政府驻地南偏西 0.9 公里处。因过去南街一带居民生产经营米粉业，常在此坡上晒粉条，故名。居住汉族、苗族共 52 户，275 人，以种蔬菜为主。

（4）瓦窑井自然村。位于镇政府驻地南偏东 0.6 公里处。在阁上山坎下，南接青岩乡新哨村。此地过去曾有砖瓦窑数座，取窑边井水从事烧制砖瓦，故名。居住汉、苗族共 61 户，318 人，以种植蔬菜为主。分属南街生产大队第四、五、六生产队。

2. 西街生产大队。辖地在城西门以西一带。明初，属金筑长官司，明万历四十年（1612 年），属广顺州首善里，又为广顺州协汛地。民国 30 年（1941 年）属贵筑县凤鸣乡永和保。解放后为行政村，属青岩镇。1958 年建西街生产大队，属青岩公社，辖 11 个生产队。居住汉、苗、布依族共 151 户，890 人。分布于黄家坡、栗木山、坝子头 3 个自然村。有田土面积 572 亩，主要生产稻谷、玉米、油菜、小麦。

（1）黄家坡自然村。位于镇政府驻地西南 0.6 公里处。该坡原属黄姓家私有，故名。居住汉、苗、布依族共 63 户，368 人。分属第一至第八生产队，以种植粮食为主。坡南有一溶洞，名为璇宫洞。

（2）栗木山自然村。位于镇政府西偏北 1 公里处，以原来盛产栗木而得名。明末属金筑长官司，清末属广顺州首善里，又改属青岩司。为布依族聚居村。1958 年为西街大队第九生产队。居住布依族 38 户，209 人。

（3）坝子头自然村。位于镇政府西南偏南 1.5 公里处。因在青岩西门外田坝的一角，故名。明末清初为广顺州汛地。民国 32 年（1943 年）随同燕楼区划入青岩镇。1958 年为西街生产大队第十生产队。有水田 76 亩，土 2 亩，以种植水稻为主。居住汉、苗、布依族共 50 户，313 人。

3. 北街生产大队。辖地为东、北街外附近村寨，包括居住在北街的农业户。北街外，明初属贵州前卫，隆庆六年（1572 年）属青岩司，康熙三十四年（1695 年）属贵筑县，隶贵阳府。民国 20 年（1931 年）属青岩镇联保，隶贵阳县。民国 30 年（1941 年）属青岩镇北街保，隶贵筑县。解放后，隶北街居民段。1958 年成立北街生产大队，居住汉、苗、布依族共 264 户，1558 人。分住在青岩堡、谢家坡、白坟边、北门外、姚家关、西冲小寨 6 个自然村。

（1）青岩堡自然村。位于镇政府东北 1.5 公里处。明洪武二十六年（1393 年），贵州前卫设百户所于此。康熙二十年（1681 年）属贵筑县。民国 20 年（1931 年）属贵阳县青岩镇。民国 30 年（1941 年）属贵筑县青岩镇北街保。解放后，1958 年为北街生产大队第五生产队。居住汉族 32 户，229 人。耕地 153 亩，其中田 76 亩，地 77 亩。

（2）谢家坡自然村。位于镇政府驻地北面 1 公里处。该坡原属谢家私有，故名。居住汉、苗族共 39 户，223 人。

（3）白坟边自然村。位于镇政府驻地北 1.5 公里处。清道光年间张联轸之女许配与本城儒生吴明，未曾过门，吴明病故，女守节，穿白衣吊孝。死后，乡民建庙崇祀于坟边，故名白坟边。民国 30 年（1941 年）属北街保，隶青岩镇。居住汉、苗族共 46 户，263 人。境内有赵彩章百寿坊一座，为青岩城古迹之一。

（4）北门外自然村。位于镇政府驻地北偏西 0.5 公里处。因在青岩城北门外，故名。村民散居在青马公路（青岩至马铃）两侧，有汉、苗、布依族 85 户，491 人。

（5）姚家关自然村。位于镇政府驻地西北 1.5 公里处。村处岩山垭口，原居民姚氏置业于此，故名。民国 30 年（1941 年），属青岩镇北街保，隶贵筑县直至解放。1958年属北街生产大队第十、十一生产队。居住汉、苗族共47户，267人。

（6）西冲小寨自然村。青岩镇西部有槽谷田坝，位于大苗山与桐木岭之间，大者称西冲大坝，小者称西冲小坝，也习惯称为"大西冲"、"小西冲"。明末属广顺州，称西瞳。民国30年（1941年），属贵筑县燕楼区凤鸣乡永和保直到解放。1958年属青岩公社北街生产大队第十二生产队。居住汉、苗、布依族15户，75人。

（二）生产大队

青岩公社除辖三个街道生产大队外，还辖有由杨眉乡、歪脚乡、新哨乡、新楼乡、龙井乡等所属的生产大队共14个。

1. 关口大队。包括上关和下关两个自然村，民国初年置泰和乡。上关即关口上寨，在青岩镇西南3.5公里，有4个生产队，72户，411人。下关即关口下寨，在上关北半里，有4个生产队，81户，439人。

2. 龙井大队。只有龙井寨一个自然村。1953年建龙井乡。龙井寨在镇西1公里，有7个生产队，176户，931人。

3. 大坝大队。包括大坝和西冲两个自然村，大队驻大坝。大坝在青岩镇西北2.5公里，有5个生产队，73户，316人。西冲在大坝东南1公里许，有3个生产队，27户，170人。

4. 二关大队。包括二关和摆戚两个自然村，大队驻二关。二关在大坝西1.5公里，有3个生产队，54户，306人。摆戚在二关东南0.5公里，有3个生产队，47户，249人。

5. 达夯大队。包括达夯、水塘寨、野鹿井、樟木洞、干厂坝、湾子、鼠场、坡路塘、土地关、叉口洞10个自然村。达夯在青岩镇西南约3公里，有1个生产队，21户，111人。水塘寨在达夯东北1公里，有1个生产队，64户，314人。野鹿井在达夯东0.5公里，有1个生产队，23户，134人。樟木洞又作掌木舵，在野鹿井东0.5公里，有1个生产队，12户，71人。干厂坝在樟木洞南1公里，有1个生产队，23户，143人。湾子在达夯西南1.5公里，有2个生产队，52户，295人。鼠场在湾子南0.5公里，有1个生产队，52户，286人。坡路塘又作波六塘，在湾子西2公里，有1个生产队，22户，123人。土地关在坡路塘南0.5公里，有3个生产队，38户，222人。叉口洞在土地关东南0.5公里，有2个生产队，23户，163人。

6. 谷通大队。包括大寨、小寨、后寨、廖家寨4个自然村，大队驻谷通。谷通在达夯南1.5公里，有大小二寨。大寨有5个生产队，100户，560人。小寨有2个生产队，48户，282人。后寨在谷通东南0.5公里，有3个生产队，56户，324人。廖家寨在谷通东1公里，有3个生产队，45户，222人。

7. 新楼大队。包括新楼大寨、新寨、简麻、芭茅冲、三龙椿5个自然村。1953年建新楼乡，大队驻新楼大寨。新楼大寨在谷通西南2.5公里，有6个生产队，109户，544人。新寨在大寨旁，有2个生产队，24户，140人。简麻，又作节麻，在新楼东南2公里，有1个生产队，23户，134人。芭茅冲有1个生产队，5户，65人。三龙椿有1个生产队，6户，30人。

8. 新哨大队。包括新哨、小山、竹林、塘呼寨、龙井沟、大坡6个自然村。民国初年置凤鸣乡，1953年改为新哨乡，大队驻新哨。新哨在青岩镇南1.5公里，有1个生产队，50户，282人。小山在新哨南2公里，有2个生产队，97户，500人。竹林在新哨东1公里，有2个生产队，93户，583人。塘呼寨又作塘夫寨，在新哨东1.5公里，有1个生产队，48户，240人。龙井沟有1个生产队，8户，52人。大坡在新哨北0.5公里，有1个生产队，9户，51人。

9. 思潜大队。包括思潜、高寨、大桥、栗木山、牛塘、壤坝、麻窝、花冲、罗屯9个自然村。民国初年置思潜乡，大队驻思潜。思潜原名思钱，在新哨东南3.5公里，有4个生产队，131户，625人。高寨在思潜东北0.5公里，有2个生产队，44户，228人。大桥在高寨东北1公里，有1个生产队，23户，132人。栗木山也作林木山，在高寨西北1公里，有1个生产队，19户，127人。牛塘在思潜西南1公里，有1个生产队，14户，92人。壤坝在牛塘西北1公里，有1个生产队，21户，131人。麻窝在牛塘西0.5公里，有1个生产队，19户，88人。花冲在牛塘东南0.5公里，有1个生产队，23户，136人。罗屯又作罗登，在花冲东0.5公里，有5个生产队，84户，502人。

10. 歪脚大队。包括歪脚、高寨河、羊昌沟、云上坡、狮子山、茅草寨6个自然村。民国初年置余庆乡、西坝乡。1953年建歪脚乡，大队驻歪脚。歪脚在青岩镇东0.8公里，有3个生产队，131户，719人。高寨河在歪脚西0.5公里，有2个生产队，36户，205人。羊昌沟有2个生产队，39户，191人。云上坡又作营上坡，在歪脚西，有2个生产队，31户，201人。狮子山在歪脚北1.5公里，有2个生产队，44户，263人。茅草寨在歪脚东1

公里，有 1 个生产队，12 户，84 人。

11. 摆早大队。包括上摆早、下摆早、兰花关、岔河、蒙贡、弓腰寨 6 个自然村。民国初年置蒙贡乡，大队驻上摆早。上摆早原作上摆找，在歪脚东 1.5 公里，有 2 个生产队，23 户，151 人。下摆早又作下摆找，在上摆早东南 1 公里，有 3 个生产队，43 户，271 人。兰花关在上摆早西南 0.5 公里，有 2 个生产队，22 户，127 人。岔河在下摆早南 0.5 公里，有 1 个生产队，19 户，109 人。蒙贡在岔河西南约 1 公里，有 2 个生产队，50 户，251 人。弓腰寨在上摆早西 1.5 公里，有 4 个生产队，75 户，439 人。

12. 摆托大队。包括摆托、大冲、万家寨、竹山、松山、白果树、小冲、毛狗冲 8 个自然村，大队驻摆托。摆托也称大摆托，在歪脚东北 1.5 公里，有 2 个生产队，43 户，205 人。大冲在摆托南 0.5 公里，有 1 个生产队，13 户，66 人。万家寨在摆托东 0.5 公里，有 1 个生产队，19 户，104 人。竹山在万家寨东南 0.5 公里，有 1 个生产队，19 户，112 人。松山在万家寨东 0.5 公里，有 1 个生产队，13 户，71 人。白果树在万家寨东南 0.5 公里，有 1 个生产队，12 户，63 人。小冲在摆托东北 0.5 公里，有 1 个生产队，16 户，99 人。毛狗冲又作毛谷冲，在小冲东北 1 公里，有 1 个生产队，6 户，50 人。

13. 杨眉大队。包括杨眉堡、底下寨、庄科、河西 4 个自然村。民国初年置杨眉乡，1953 年又建杨眉乡，大队驻杨眉堡。杨眉堡在摆托北 1 公里许，有 10 个生产队，220 户，1040 人。底下寨在杨眉堡南 0.5 公里，有 3 个生产队，53 户，301 人。庄科在杨眉堡东南 1 公里，有 1 个生产队，29 户，161 人。河西在杨眉堡西南 1.5 公里，有 3 个生产队，52 户，266 人。

14. 山王庙大队。包括山王庙、茅草寨、三格田、小摆托 4 个自然村，大队驻小摆托。山王庙在歪脚东 2 公里，有 1 个生产队，20 户，131 人。茅草寨在山王庙西北 0.5 公里，有 2 个生产队，27 户，135 人。三格田有 1 个生产队，14 户，94 人。小摆托在山王庙北，有 2 个生产队，39 户，215 人。

青岩人民公社农村 14 个生产大队共有 148 个生产队，69 个自然村，3044 户，16833 人。

1959 年，青岩公社合高坡、黔陶、马林、燕楼 4 个公社为一个大公社。

1961 年，调整人民公社。花溪区将原有青岩、花溪、石板、孟关 4 个公社分为花溪、青岩、孟关、黔陶、久安、高坡、燕楼、马林、石板、湖潮、麦坪、沙坪 12 个公社。同年，撤销青岩公社居民管理区，恢复青岩镇建置。

1967 年，青岩镇成立革命委员会。

**二 镇人民政府时期的建置沿革**

1981 年 12 月，改青岩镇革命委员会为青岩镇人民政府。城郊的三个生产大队（南街、西街、北街生产大队）仍归青岩镇政府领导。

贵阳市 1984 年结束公社建置，恢复建乡 25 个，青岩公社亦恢复为乡，辖 14 个生产大队。后将青岩乡撤销，其行政区域及所管辖的 14 个生产大队并入青岩镇，加上青岩镇城郊的 3 个生产大队，青岩镇共辖 7 个生产大队和 5 个居民委员会。同年，所有生产大队改称村民委员会，青岩共辖 17 个村民委员会和 5 个居民委员会。

从 1984 年到 2003 年近 20 多年来，青岩镇的基层组织发生了巨大变化，人口、经济、社会面貌等各个方面也不断得以发展。

（一）居民委员会

1. 东街居民委员会。成立于 1957 年，居委会设在东油榨街 2 号。管辖范围：东至商业街，西至横街，南至书院街，北至油榨街。辖区内有东街场坝、横街、石灰巷、东油榨街。场坝位于青岩城中心，清乾隆时为广顺州著名十场市之一，有大场寅（虎）、未（羊）日集，小场己（蛇）、亥（猪）日集，现改为星期日集。附近数十里都有来此赶场者，旺季赶场者多达万余人。居住着汉族、布依族、苗族。1999 年有居民 278 户，802 人，其中男 397 人，女 405 人。2002 年有居民 276 户，797 人，其中，男 391 人，女 406 人。2003 年共 277 户，1240 人。经济状况：从事个体商业者 82 户，从事手工业者（缝纫、理发、银饰打造等）16 人。从事运输业（微型车者 7 户、中巴车者 6 户）共 13 户。个体诊所 8 户。东街初建时，其辖地仅为镇中心场坝地段。改革开放以来，修建了花园市场、农贸市场和商业街。沿街驻有供销社、税务所、邮电支局、银行营业所、电影院、敬老院等单位。古建筑有朝阳寺、三皇宫、寿福寺（现用作粮仓）、孙膑庙、水星楼、文昌阁。

2. 西街居民委员会。成立于 1957 年，居民委员会驻西街 12 号。辖有西街、李家巷、西下院街、西外街等巷，辖区内设有青岩幼儿园。东至横街，西至西街，南至背街，北至西下院街。万历四十年（1612 年）置广顺州，青岩城内西门属广顺州汛地，驻有定广协汛把总。西街人口，1999 年有汉、苗、布依各族 81 户，282 人，其中男 139 人，女 143 人。2002 年有 118 户，339 人，其中，男 168 人，女 171 人。2003 年共 216 户，662 人。从事手工业者8人，商业40人，其他38人。

3. 南街居民委员会。成立于1957年，居民委员会驻南街35号。辖有南街、背街、书院街、大茨窝、塘上街等街巷。其四至界址：东至东街，西至西街，南至南街，北至北街。1999年有汉、苗、布依族242户，693人，其中男345人，女348人。2002年有219户，619人，其中男319人，女300人。2003年共215户，809人。从事工业者21人，手工业者9人，商业者9人，其他45人。辖区内有中心小学一所。古建筑有斗母阁和石牌坊两座（一为赵理伦百寿坊、一为周王氏媳刘氏贞节坊），雕刻精巧，巍峨壮观。有青岩古城南门遗址，为青岩古城重要文物。

4. 北街居民委员会。成立于1957年，居委会驻地在北街40号。辖有北街、丁家巷、北下院街、北外街、北油榨街、状元街。其四至界址：东至东街，南起于横街、西街、南街之十字交叉路口，西至西街，北止于青岩土城北门。1999年有汉、苗、布依族233户，601人，其中男295人，女306人。2002年有254户，643人，其中男334人，女309人。2003年共256户，1175人。辖区内有青岩中学、青岩粮管所、联合诊所、五金厂、织布厂等单位。古建筑有赵状元府故居。经济状况：有个体户自办的米粉加工厂、小型面条加工厂，两厂从业人员9人。有个体小五金维修、小锅生产共14户，从业人员16人。运输业有小型拖拉机2辆，微型车1辆，东风车1辆，从业人员4人。

5. 交通路（东关）居民委员会。成立于1957年，居民委员会驻交通路197号。辖区内有余庆路、瓦窑井、东关、油坊背后、塘坎边等，均在青岩城东门外。因此路历来有米店、杂粮店，故又名杂粮街。该路由南至北与青岩古城墙平行，南起瓦窑井，北至青岩卫生院（谢家坡口），全长1.5公里。其四至界址：东至木工厂，西至商业街，南至道班房，北至加油站。明清时为贵阳经定番至都匀牙舟汛路，省城通向四方的七大驿道之一，设有塘汛。为定番、长顺运输粮食至贵阳的枢纽站。民国时期为贵阳至罗甸公路干线的一段，并从此分支，有公路东通黔陶乡、高坡乡；西通马铃乡、燕楼乡。解放后称交通路。1999年共有254户，712人，其中男390人，女322人。2002年有210户，720人，其中男373人，女347人。2003年共249户，1888人。经济状况：从事工业者80人，手工业者60人，其他业者48人。辖区内有青岩镇政府、青岩公安派出所、青岩法庭、青岩卫生院、青岩汽车站、青岩文化站、青岩木业社、青岩邮电所和百货商店等。

另新增设商业街单列统计，共有 10 户 37 人，其中男 20 人，女 17 人。

以上 5 个居民委员会，1999 年共 1088 户，3090 人，其中男 1566 人，女 1524 人。2003 年共 1163 户，5774 人。

（二）村民委员会

1. 南街村委会。成立于 1958 年，村委会驻塘上街。管辖范围：自然村 3 个，零散住户 3 户。四至界址：东至摆早，南至新哨，西至西街，北至南街。管辖人口 1999 年共 459 户，1707 人，其中男 766 人，女 941 人。2002 年共 486 户，1797 人，其中男 810 人，女 987 人。2003 年共 483 户，1437 人，实有劳动力 982 人。耕地面积 45 公顷，农民人均纯收入 3490 元。粮食总产量 486 吨，人均占有粮食 338 公斤。主要民族为汉族。全村以种植蔬菜为主，蔬菜面积 570 亩，从业 309 户，人口 1391 人。蔬菜年总产量 200 万公斤，产值 52 万元。稻田 100 亩，产量 39250 公斤。

2. 西街村委会。成立于 1958 年，村委会驻西街 68 号。管辖范围：自然村 4 个，零散住户 3 户。四至界址：东至南街，南至达夯、新关，西至龙井，北至北街。管辖人口 1999 年共 244 户，1127 人，其中男 522 人，女 605 人。2002 年共 377 户，1063 人，其中男 508 人，女 555 人。2003 年共有 261 户，734 人，实有劳动力 638 人。主要民族为苗族。耕地面积 39 公顷，农民人均纯收入 3183 元。管辖土地：水田 550 亩，旱地 20 亩。年产值 1999 年农林 203 万元，副业 5 万元，其他 10 万元。1993 年成为青岩镇第一个小康村，是花溪首批实现小康的 10 个村之一。2003 年粮食总产量 111 吨，人均占有粮食 151 公斤。

3. 北街村委会。成立于 1958 年，村委会驻交通路。管辖范围：自然村 8 个，零散住户 18 户。四至界址：东至歪脚村，南至南街村，西至西街村、龙井村，北至桐木岭。管辖人口 1999 年共 526 户，2312 人，其中男 1162 人，女 1150 人。2002 年共 604 户，2377 人，其中男 1164 人，女 1213 人。2003 年共 607 户，1275 人，实有劳动力 1215 人。耕地面积 66 公顷，粮食产量 864 吨，人均占有粮食 678 公斤，农民人均纯收入 3181 元。主要民族为汉族。管辖土地：水田 780 亩，旱地 221.5 亩，果林 50 亩。年产值 1999 年农林业 154 万元，副业 382 万元，其他 65.1 万元。1984 年人均收入 485 元，1999 年人均收入 2516 元。1984 年成立村委会时，只有一间破烂旧瓦屋，现于交通路建有一栋 300 平方米的办公楼，每年有 10000 多元收入。

4. 歪脚村委会。成立于 1958 年，村委会驻歪脚大寨，解放前名余庆堡，行政村名余庆堡，1955 年，改为歪脚村。管辖范围：自然村 6 个，东至山王庙，南至摆平，西至北街，北至杨眉、摆托。管辖人口 1999 年共 466 户，2095 人，其中男 1067 人，女 1028 人。2002 年共 518 户，2192 人，其中男 1074 人，女 1118 人。2003 年共 511 户，2133 人，实有劳动力 1203 人，耕地面积 75 公顷，粮食产量 919 吨，人均占有粮食 430 公斤，农民人均纯收入 3162 元。主要民族为汉族。管辖土地：水田 900 亩，旱地 225 亩。年产值 1999 年农林 292.7 万元，副业 299.5 万元。解放前农民没有土地，都是给地主当长工。解放后，农民分得了土地，实现耕者有其田，生活逐步改善，特别是改革开放以来，农民经济收入有很大提高，已达到小康生活水平。

5. 山王庙村委会。成立于 1981 年，村委会驻小摆托。管辖范围：自然村 4 个，零散住户 12 户。四至界址：东至九眼井，南至摆托，西至歪脚，北至摆托。距镇政府 4 公里，管辖人口 1999 年共 168 户，568 人，其中男 352 人，女 216 人。2002 年共 163 户，701 人，其中男 362 人，女 339 人。2003 年共 161 户，850 人，实有劳动力 338 人，耕地面积 47 公顷，粮食总产量 369 吨，人均占有粮食 434 公斤，农民人均纯收入 2929 元。主要民族为布依族、苗族。管辖土地：水田 527 亩，旱地 172 亩，山林 550 亩（果林 300 亩，森林 200 亩）。经济情况：年产值 1999 年农林 541 万元，副业 32 万元，其他 58.36 万元。

6. 摆托村委会。成立于 1958 年，村委会驻摆托大寨。管辖范围：自然村 8 个，零散住户 10 户。管辖人口 1999 年共 241 户，1024 人，其中男 601 人，女 423 人。2003 年共 247 户，1060 人，实有劳动力 422 人，耕地总面积 54 公顷，粮食总产量 516 吨，人均占有粮食 486 公斤，农民人均纯收入 2961 元。主要民族为苗族。管辖土地：水田 638.5 亩，旱地 230 亩，山林 650 亩。

7. 杨眉村委会。成立于 1958 年，村委会驻杨眉新寨。管辖范围：自然村 7 个，零散住户 4 户。四至界址：东至孟关乡沙坡村，南至摆托村，西至桐木岭，北至杨中村。管辖人口主要为汉族、苗族。1999 年共 501 户，2348 人，其中男 1140 人，女 1208 人。2003 年共 561 户，2269 人，实有劳动力 1229 人。管辖土地：水田 1170 亩，旱地 300 亩，山林 1250 亩（果林 200 亩，材林 550 亩）。杨眉村 1995 年达到区级小康村。1999 年年产值农林 541 万元，副业 32 万元，其他 58.36 万元。2003 年耕地面积 98 公顷，粮食总产量 1127 吨，人均占有粮食 496 公斤，农民人均纯收入 3142 元。

8. 摆早村委会。成立于 1961 年，村委会驻兰花关。管辖范围：自然村 8 个。四至界址：东至山王庙，南至思潜、新哨，西至高寨河，北至歪脚。距镇政府 3 公里。管辖人口 1999 年共 350 户，1622 人，其中男 833 人，女 789 人。2002 年共 372 户，1725 人，其中男 877 人，女 848 人。2003 年共 378 户，1729 人，实有劳动力 877 人，主要民族为布依族、苗族。管辖土地：水田 919 亩，旱地 281 亩，山林 1421 亩。年产值 1999 年农业 100 万元，副业 15 万元，其他 6 万元。村委会于 1961 年与山王庙分队合为摆早大队革命委员会至 1976 年，1977 年至 1984 年为管理委员会，1985 年至 2003 年为村民委员会。2003 年耕地面积 80 公顷，粮食总产量 821 吨，人均占有粮食 475 公斤，农民人均纯收入 2958 元。

9. 新哨村委会。成立于 1958 年，村委会驻新哨。管辖范围：自然村 6 个。四至界址：东至思潜、摆早两村，南至惠水县交界，西至谷通、达夯两村，北至南街村。管辖人口主要为汉族，1999 年共 455 户，1895 人，其中男 1081 人，女 814 人。2002 年共 506 户，2145 人，其中男 1059 人，女 1086 人。2003 年共 506 户，2157 人，实有劳动力 1178 人，管辖土地：水田 1125 亩，旱地 2005 亩，山林 2000 亩（果林 1600 亩，材林 400 亩），1999 年年产值农林 408 万元，副业 43 万元，其他 65 万元。2003 年耕地面积 115.3 公顷，粮食总产量 1120 吨，人均占有粮食 519 公斤，农民人均纯收入 3163 元。

10. 思潜村委会。成立于 1958 年，村委会驻思潜小学。管辖范围：自然村 12 个，零散住户 14 户。四至界址：东至骑龙，南至上黄，西至蒙贡、新哨，北至蒙贡。主要民族为汉族，1999 年共 548 户，2661 人，其中男 1500 人，女 1161 人。2002 年共 603 户，2478 人，其中男 1392 人，女 1086 人。2003 年共 605 户，2781 人，实有劳动力 1585 人。管辖土地：水田 1314.11 亩，旱地 397.97 亩，山林 4000 亩（果林 200 亩，材林 1000 亩）。1999 年年产值农业 20 万元，副业 50 万元。全村种养殖业及第三产业有较大发展。2003 年耕地面积 138.7 公顷，粮食总产量 1411 吨，人均占有粮食 507 公斤，农民人均纯收入 3390 元。

11. 二关村委会。成立于 1980 年，村委会驻二关村朱家院。管辖范围：自然村 6 个。四至界址：东至大坝村，南至龙井村，西至燕楼，北至花溪乡石头寨。距镇政府 5 公里。管辖人口 1999 年共 150 户，627 人，其中男 319 人，女 308 人。2002 年共 155 户，675 人，其中男 331 人，女 344 人。2003

年共 158 户，653 人，实有劳动力 453 人，主要为汉族。管辖土地：水田 340 亩，旱地 270 亩，山林 680 亩（果树 3 亩，材林 250 亩）。年产值 1999 年农业 48 万元，副业 4 万元，其他 65 万元。粮食总产量 212.5 吨。解放前古地名叫毛栗冲，土地都是地主家的。穷人靠帮工过活，没有学校，没有公路。解放后，1968 年修建乡村公路，建提灌站，解决人畜饮水问题，用上了电灯。1972 年建立了第一所小学，使本村儿童都有上学机会，群众的温饱问题基本解决。2003 年耕地总面积 41 公顷，粮食总产量 345 吨，人均占有粮食 528 公斤，农民人均纯收入 2890 元。

12. 大坝村委会。成立于 1980 年，村委会驻大坝。管辖范围：自然村 2 个。四至界址：东至磷化工厂，南至龙井村，西至二关村，北至花溪桐木村。距镇政府 3 公里。管辖人口 1999 年共 134 户，675 人，其中男 340 人，女 335 人。2002 年共 161 户，740 人，其中男 362 人，女 378 人。2003 年共 163 户，745 人，实有劳动力 486 人。管辖土地：水田 633 亩，旱地 214 亩，山林 500 亩。年产值 1999 年农业 80 万元，副业 10 万元，其他 30 万元。粮食总产量 300 吨。2003 年耕地总面积 57 公顷，粮食总产量 454 吨，人均占有粮食 609 公斤，农民人均纯收入 3007 元。

13. 龙井村委会。成立于 1958 年，村委会驻龙井村。管辖范围：自然村 1 个，零散住户 12 户。四至界址：东至西街村，南至新关村，西至燕楼，北至大坝。距镇政府 2 公里。管辖人口主要为布依族，1999 年共 260 户，1086 人，男 530 人，女 556 人。2002 年共 242 户，1120 人，其中男 550 人，女 570 人。2003 年共 255 户，1144 人，实有劳动力 676 人，管辖土地：水田 555 亩，旱地 255 亩，山林 700 亩。年产值 1999 年农业 45 万元，副业 30 万元，其他 1.5 万元。粮食总产量 41 万公斤。龙井村水质好，是刺梨酒的发源地。还有村办磷酸厂，解决了多余劳动力。2003 年耕地总面积 54 公顷，粮食总产量 553 吨，人均占有粮食 483 公斤，农民人均纯收入 3004 元。

14. 新关村委会。成立于 1980 年。在此前与龙井村是一个村，1980 年 1 月分别设立两个独立的村。新关村委会驻新关下寨，距镇政府 2 公里。管辖范围：自然村 2 个。四至界址：东至西街，南至达夯水库，西至燕楼，北至龙井。管辖人口主要是布依族，1999 年共 209 户，846 人，其中男 419 人，女 427 人。2002 年共 206 户，903 人，其中男 466 人，女 437 人。2003 年共 209 户，923 人，实有劳动力 534 人，管辖土地：水田 349 亩，旱地 219 亩，山林4500亩（材林500亩）。年产值1999年农业90万元，副业63万元，其他62万元。60、70年代，人均粮食200公斤以下，纯收入仅300元左右。2003年耕地总面积38公顷，粮食总产量405吨，人均占有粮食438公斤，农民人均纯收入2915元。

15.达夯村委会。成立于1965年，村委会驻黄土田，距镇政府3公里。管辖范围：自然村13个，零散住户3户。四至界址：东至南街、新哨，南至谷通村，西至燕楼，北至新关。管辖人口主要是汉族，1999年共487户，2327人，其中男1171人，女1156人。2002年共536户，2422人，其中男1199人，女1223人。2003年共538户，2429人，实有劳动力1264人。管辖土地：水田1230亩，旱地1140亩，森林400亩（果林150亩、材林200亩）。年产值1999年农业250万元，副业60万元，其他10万元。该村由原水塘大队、达夯大队合并而成。1965年以前水资源短缺，旱地较多，靠天吃饭。后修建翁笼水库，有松柏山水库浇灌4个组，提灌站2个，土变田400亩，灌溉面积400余亩，农民生活有较大提高。2003年耕地面积156.7公顷，粮食总产量1280吨，人均占有粮食527公斤，农民人均纯收入3004元。

16.谷通村委会。成立于1958年，村委会驻地谷通。管辖范围：自然村6个。零散住户456家。四至界址：东至新哨，南至达夯，西至新楼，北至达夯。管辖人口主要为汉族，1999年共420户，1774人，其中男806人，女968人。2002年共378户，1804人，其中男935人，女869人。2003年共381户，1767人，实有劳动力974人。管辖土地：水田778亩，旱地886亩，山林300亩（果林100亩、材林200亩）。年产值1999年农业328万元，副业8万元，其他5万元。2003年耕地总面积103公顷，粮食总产量905吨，人均占有粮食512公斤，农民人均纯收入2960元。

17.新楼村委会。成立于1958年，村委会驻新楼大寨。管辖范围：自然村5个，零散住户4户。四至界址：东至谷通，南至惠水长田乡，西至马林乡，北至达夯村。管辖人口主要是汉族，1999年共243户，1037人，其中男503人，女534人。2002年共257户，1188人，其中男600人，女588人。2003年共259户，1156人，实有劳动力817人。1950年以前属燕楼乡翁楼村，1950年至1957年属新哨乡新楼村，1958年至1981年属青岩公社新楼村，1958年至1981年属青岩公社新楼大队，1982年至1986年属青岩乡新楼村，1987年起属青岩镇新楼村。管辖土地：水田593亩，旱地442亩，山林 462 亩（果林 20 亩，材林 442 亩）。年产值 1999 年农业 152 万元，副业 17 万元，其他 8 万元。2003 年耕地总面积 69 公顷，粮食总产量 586 吨，人均占有粮食 507 公斤，农民人均纯收入 2927 元。

以上 17 个村委会共有自然村 101 个，2002 年共 5861 户，25731 人，其中男 13112 人，女 12619 人。5 个居委会（含商业街）共 1127 户，3155 人，其中男 1605 人，女 1550 人。

全镇 1999 年共有 5 个居委会，17 个村委会，共 6988 户，28821 人，其中男 14678 人，女 14143 人。2002 年共 7489 户，30203 人，其中男 14991 人，女 15212 人。全镇少数民族人口为 11300 人，占全镇总人口数的 37%。2003 年共 7369 户，31061 人，实有劳动力 14897 人，耕地总面积 1277 公顷，田 12680 亩，粮食总产量 12272 吨，人均占有粮食 426 公斤，农民人均纯收入 3053 元。

# 附录一　青岩历史上的城堡、哨、汛塘、铺

### 青岩堡

青岩建堡于洪武二十六年（1393 年），距今已有六百多年历史。青岩堡因是土筑，年久失修，多已坍塌，今只知其遗迹在今青岩镇镇政府东北 1.5 公里处。现北街村仍有青岩堡名，为自然村寨。

### 青岩城

青岩人班麟贵，明天启年间"从征苗，以解贵阳围有功，授指挥同知"。由于青岩堡已破败不堪，不能作防守之用，班麟贵遂自建青岩城。于天启四年（1624 年）动工，天启六年（1626 年）完成。城建好后，班麟贵被任青岩土守备，准世袭。这座青岩城位于原青岩堡西南 1 公里处。以阁上山西侧文昌阁为中心，东到大茨窝，南至卡子门，西临黄家坡，北至谢家坡，有东南西北四门，以土筑为主，俗称老城，为青岩建城之始。

数年后，班麟贵之子班应寿认为其父所建老城东面弯曲，不够险峻，不能作为全城的制高点，乃将城之东隅拆除，改而向西，把城墙延伸到尖峰之上。在保留南门的基础上，从东门向大茨窝扩展，增建了一座城门，名为"定广门"（通向定番州、广顺州之意）。经过这次重修，北门据高点扼险，南门一带屹立在悬崖陡壁之上，下临深谷，更为险要，俗称新城。明代著名地理学家徐霞客来贵州考察山川地貌，曾到过青岩城，在其《徐霞客游记》

中写道："度桥南半里，入青岩城之北门。其城新建，旧圩而东，今拆其东隅而西就尖峰之上。"《游记》还对青岩城的地理位置及军事上的重要性作了评价，称青岩是贵州省南鄙要害，"今设总兵驻扎其内"。

至清嘉庆年间，青岩城已出现多处垮塌。乾隆五十六年（1791年），青岩人武举袁大鹏热心公益，自愿倾其家财请修青岩城。得官方批准及地方人士赞助，于嘉庆三年（1798年）对青岩城进行维修。维修后的青岩城，增加敌楼、垛口等军事作战设施，城墙更加巩固。这是第一次维修青岩城。

道光年间，太平天国起义爆发，掀起了全国规模的农民革命战争。在太平军的影响下，贵州也爆发了农民起义。青岩人赵国澍，字慰三（又作畏三），颇有资财，曾任青岩团防局团总，于咸丰四年（1854年）对青岩城又进行全面维修。当时曾请青岩龙泉寺老和尚担任监工，现青岩大坝还保存有龙泉寺碑记一块，记述老和尚监修青岩城一段情况："咸丰三年（1853年），诸山启请主持黔灵，甫一载，见四方盗贼蜂起，辞任还寺（回龙泉寺），时遇本乡赵老大人，补葺城墙，重修楼郭，派监北方一带。竭一二年之精力，鸿工磊砌，城郭完固。"这次补修城垣，全用巨型方石垒砌，上有宽约四米的跑道，城墙上筑有敌楼垛口，东南的大茨窝山上设有炮台。城墙从东门起，跨越阁上山，连接大茨窝山上的炮台而至定广门。旧城是从阁上山进而至南门，再经斗母阁，上黄家坡。新城墙则从阁上山向外挺出至定广门，再上黄家坡。这一带是两道城墙，成双重防御。从黄家坡逶迤而至西门，再延伸至下寨山（上有黑神庙）而衔接北门。北城门外，沿城墙外挖有宽三米、深二米的护城壕。整个城墙和城楼的建筑庄严、雄伟、壮丽、坚固。这是第二次维修青岩城。

赵国澍维修后的青岩城，经过清末咸丰、同治、光绪、宣统诸朝而进入民国直至解放，将近百年，未加修理。由于年久失修，特别是在民国时期人为破坏严重，解放初期已是断壁残垣，破烂不堪。为了抢救这一古城建筑，贵阳市人民政府于1989年拨款修复部分城墙及定广门城楼，修复后的定广门城楼，保持原样，高4.5米，厚3.5米。城门洞上方"定广门"三字匾额，阴文石刻，高0.4米，长1米。城门洞高4米，宽3.2米，城墙顶部为马道，用6厘米厚石板铺砌，城墙垛口用宽0.4米，厚1米长方整石砌成。中留0.4米见方的射击孔。马道靠内方向，用方整石砌宽0.6米，高0.4米厚的女儿墙。

定广门敌楼为三开间重檐歇山顶，木结构城门楼，叠梁架屋，明间面阔3.6米，次间面阔2.8米，通面宽9.2米。总进深5米，底层檐口高2.8米。总高6.5米。屋面为青砖青瓦，琉璃屋脊，尾及翼角兽头，古式木格窗及扇。敌楼内面明间格扇可以拆装，拆开时，楼面即为一小舞台，可供演出之用。

青岩古城城墙范围约为 5 平方公里。有城门五座，即东、西、南、北门及定广门。

街道主要有 12 条，即：

交通街：北起医院，南至瓦窑井，全长约 1 公里。

东大街：东起交通街，西至场坝。

西大街：东起北大街，西至西外寨。

北大街：北起青岩粮管所，南至南大街。

南大街：北起东大街，南至新城南门。

书院街：北起东大街，西至南大街。

车家巷：东起东油榨街，南至场坝。

东油榨街：南起东大街，北至油榨街。

北油榨街：南起东油榨街，西至北大街。

北下院街（又名状元街）：东起北大街，西至五金社。

西下院街：东起北下院街，南至西大街。

背街：东起南大街，西迄西大街。

场坝为全镇中心，是主要的商品贸易交易市场。

青岩城内的街道路面，多以青石铺成，整洁无尘，房屋多是木瓦结构的古式建筑。

哨

明万历年间，贵阳附近设置的哨所很多，共有 44 哨，属贵州卫者有 7 哨，属贵州前卫者有 23 哨，属贵州宣慰司者有 3 哨，属贵阳军民府者有 10 哨，属新贵县者有 1 哨。新贵县这一哨就是对青岩单独设置的。

以上哨所主要分布在七条要道上。另外，由省城南门、次南门到定番州这条路线，是通往"八番"少数民族地区的要道。其中贵阳军民府所设的簸箕山哨、新哨就在青岩城外附近，加上新贵县所设的青岩哨，青岩就有 3 个哨。

汛塘

明清时期在交通要道设兵驻守之处，叫汛地。在汛地或邻近汛地设有专门传递紧急情报的处所叫塘。汛与塘有时是设在一起的。"青岩汛在定番东南四十里。设把总一员，步兵四人，守兵六人，共十人。在汛者六人，安塘者四。"在汛者即防守兵，安塘者即传递紧急情报的人。嘉庆三年，武举袁大鹏重修青岩城，今为定广协汛把总所驻。"定广协"即定番州与广顺州共驻有清军一协。清军一协相当于现代的编制旅，协的首长称副总兵。"定广协汛"，即定广协在青岩设有一个汛地，并派有一个把总驻在青岩。

定广协是两州分驻，各有各自的防地和汛地，因此，广顺州也在青岩设有汛地。"青岩城，城内西门属广顺协汛地，余属贵阳。"清代有三个军事单位在青岩设有汛地：一是贵阳军民府，二是定广协，三是广顺协。

清代在贵阳附近设有24塘，其中贵阳府辖10塘，贵筑县辖14塘。青岩是贵阳府辖10塘之一，其余是养龙（今息烽养龙镇）、桐木岭、骑龙、高坡、马尿岩（待考）、鸡场（今白云区艳山红乡）、挞铁关（今黔陶乡打铁寨）、板桥（今花溪区下板桥）、巴香（今龙里县巴乡村）。青岩又是贵筑县所辖14塘之一。故青岩设有两个塘，一为贵阳府设，一为贵筑县设。

铺

铺是传递公文的小站，设有铺兵。铺递始于元代，明清继之。清初，在贵筑县范围内设有阿江、汤把、龙洞、毕铺哨、老鸦关、毛栗、斑竹园7铺。乾隆三年（1738年）添设青岩、杨柳井、大水沟3铺。之后，又加设干堰塘、花革佬、桐木、凤凰、堰塘5铺。贵筑县共有15铺。上述15铺中，由贵阳至青岩的线路有6铺。"自省城出次南门西南十五里有甘堰铺。又西南五里大水沟铺。又南十五里花革佬铺。又西南五里杨柳井铺。又西南五里桐木铺。又西南十里青岩铺。"这是由贵阳通往定番州设的专线铺递。

清道光二十三年（1843年），贵州巡抚贺长龄报请裁撤铺递，贵筑县15铺全被裁去。铺递之法遂告结束。

## 附录二　青岩镇行政建置变化表

| 建置时间 | | 机构名称 | 备　注 |
|---|---|---|---|
| 明代 | 洪武二十六年（1393年）<br>天启四年（1624年）<br>崇祯十一年（1638年） | 青岩百户所<br>青岩土守备<br>贵州前卫指挥同知署<br>总兵官署<br>副总兵署 | 百户官正六品<br>无固定品级<br>指挥同知从三品<br>又称总镇正三品<br>又称副将正三品 |

续表

| 建置时间 | 机构名称 | 备　注 |
|---|---|---|
| **清代**<br>顺治七年（1650 年）<br>顺治十六年（1659 年）<br>康熙十二年（1673 年）<br>康熙三十四年（1695 年）<br>乾隆十四年（1749 年）<br>道光年间<br>光绪七年（1881 年） | 贵州前卫指挥同知署<br>青岩土弁衙<br>青岩营<br>青岩外委土舍衙<br>青岩土弁衙<br>青岩长官司衙<br>青岩土千总衙 | 从三品<br>从七品，相当于长官<br>司副司职<br>从八品，营官称管带<br>从九品<br>从七品<br>正长官正六品<br>正八品 |
| **民国时期**<br>民国 3 年（1914 年）<br>民国 19 年（1930 年）<br>民国 26 年（1937 年）<br>民国 27 年至 30 年（1938—1941 年）<br>民国 30 年至 38 年（1941—1949 年） | 贵阳县青岩镇<br>贵阳县第四区青岩镇<br>贵阳县第六区第一联保办公处<br>贵阳县第六区青岩乡<br>贵筑县青岩乡 | 区与镇公所均在青岩城<br>区公所与联保办均在青岩城<br>区与乡公所均在青岩城<br>贵阳市政府成立，将贵阳县改为贵筑县，乡公所在青岩城 |
| **解放后**<br>1949 年 11 月<br>1950 年<br>1954 年<br>1955 年<br>1958 年<br>1961 年<br>1967 年至 1981 年 12 月<br>1981 年 12 月<br>1984 年<br>1987 年 | 青岩区人民政府青岩镇<br>贵筑县第二区人民政府<br>青岩区人民政府<br>青岩区人民委员会青岩镇<br>青岩人民公社<br>青岩公社居民管理区<br>青岩镇<br>青岩镇革命委员会<br>青岩镇人民政府<br>青岩乡人民政府<br>青岩镇人民政府 | 隶属贵筑县，辖青岩镇<br>区政府驻青岩镇<br>贵筑县隶贵阳市辖，第二区改称青岩区<br>区公所名称取消<br>公社驻青岩镇<br>撤销公社居民管理区，恢复青岩镇建置<br>撤销青岩公社，恢复乡建置，乡政府驻青岩镇<br>撤销青岩乡并入青岩镇 |

# 第二章

# 自然与地理条件

## 第一节　境域、地质与地貌

### 一　地理位置与境域

青岩位于贵阳市南部，属花溪区的一个镇。地处东经106度37分至109度44分，北纬26度17分至26度23分，南北长10公里，东西宽8公里，土地总面积92.3平方公里。海拔1010米至1331米之间。最高点为大苗山，海拔1331米，最低处为思潜安塘河出口处，海拔1010米。

青岩东去龙里县城30公里，南去惠水县城27公里，西去长顺县城25公里，北距贵阳市区29公里。

青岩四邻接壤的乡：东抵花溪区黔陶布依族苗族自治乡，南抵惠水县长田布依族苗族自治乡，西抵花溪区燕楼乡，北抵花溪区花溪布依族苗族乡、孟关苗族布依族乡。

2003年行政区域有城区5个居民委员会和农村17个村民委员会。

城区5个居委会是东街居委会、南街居委会、西街居委会、北街居委会、交通路居委会。

农村17个村民委员会是南街村、西街村、北街村（这3个村位于城郊）、歪脚村、山王庙村、摆托村、杨眉村、摆早村、新哨村、思潜村、二关村、大坝村、龙井村、新关村、达夯村、谷通村、新楼村。

### 二　地质地貌

青岩镇的地层，由中生界三叠系下统的大冶组、中统的青岩组和侏罗系

**图 2.1　青岩古镇方位地图**

的中下统自流井群等组成。为浅海至半深海的灰岩、泥灰岩和页岩；生物礁相石灰岩、泥灰岩、角砾状灰岩和泥页岩；内陆河湖相紫红色砂岩，页岩偶夹石灰岩等组成，化石以腕足类、瓣鳃类、菊石等为主。

青岩在大地构造上位于黔中隆起与黔南凹陷的过渡地带，属南北向构造的龙里复背斜。褶皱轴向近南北，形态多开阔平缓。组成岩层大多为上古生界白云岩、灰岩和砂岩，岩层顷角平缓。

青岩地区多以丘陵谷盆为主的地貌，其构造基础由软性岩层发育而成的次成谷类型的河谷盆地，土地肥沃，水资源丰富，为贵阳市重要的农耕地之一。另外，贵阳市主要地貌的一些类型如山地、丘陵、沟谷、河谷等在青岩地区也有分布。山地海拔高度在 1000 米至 1600 米之间，相对高度约为 200 米至 500 米，坡度在 30 度以上，多属低中山。丘陵多为碳酸岩丘陵，也有部分砂岩丘陵和砂页岩丘陵，可分为高丘、低丘等类型。高丘分布于青岩北部地区，低丘见于南部。

在《贵阳市综合农业区划》中，青岩划分为"南部丘陵、盆地黄壤、石灰土、水稻土合理灌溉区"。该区包括青岩及黔陶、花溪、孟关等乡的部分地区，全区面积 44.32 万亩，海拔 1100 米至 1200 米，以丘陵为主，有宽阔的山间盆地。土壤以黄壤为主，占 40%，石灰土占 38.1%，水稻土占 18.9%，耕地田多地少，肥田肥土多，平缓耕地多。低产田土占 28%，10 度以上的坡地占 18.5%。土壤肥沃，宜种性广，产量较高。一般重用轻养，氮多磷少，低洼处有渍害。滥流泥田占稻田的 14.4%。

青岩矿产资源缺乏，与之邻近的地区，矿产资源也不多。贵阳煤矿较丰富，但青岩东、西两面都是贫煤区，西北党武虽有煤，属瘦煤区。青岩正处于贫煤区与瘦煤区之间，属缺煤区。其他如水晶矿、石英砂、石灰岩砂、白云岩砂、水泥用页岩等，其矿点都不在青岩。与青岩西邻的燕楼乡产磷铁矿，厚度小，含矿率低，仅 40%。东邻的黔陶乡，有石英砂矿床，中厚层至厚层为石英砂岩，夹少量页岩。由于矿产资源缺乏，青岩没有采矿业和冶炼业。

## 第二节 山脉与河流

### 一 山脉

贵阳市位于苗岭山地中段，处在长江水系和珠江水系的分水岭地带，地貌基本属于高原丘陵，丘陵性比较显著。由于受地质构造影响，形成了多级夷平面：第一级海拔 1500 米以上，以东部的云雾山、东南部的皇帝坡、西南部的大草坡及高坡乡云顶一带保留最为完整，一直呈准平原状态。第二级海拔 1400 米左右，贵阳市大多数山地或高丘均属这一级夷平地。第三级海拔在 1200 米至 1300 米之间，湖潮、金华等地的丘陵洼地即位于其上。第四级海拔 1000 米至 1100 米，贵阳盆地、中曹司盆地及青岩盆地是其代表。

青岩属丘陵地貌，其相对高度大于 100 米，属高峰丘。也是河流流经其地而构成的河谷盆地，土地肥沃，水资源丰富，为贵阳市重要的农耕地之一。

青岩的山脉，属贵阳市南北走向山脉中的中部山脉，按山脉特点可分南北两段中的南段，北起六冲关、茶店，南至青岩。青岩附近的营盘坡、哨旗坡、狮子山、天马山、飞云山、簸箕山均属南北走向的中部山脉系统。青岩大苗山高 1331 米，是青岩最高峰。青岩又处于贵阳市向涟江谷地倾斜的南端，多岩溶、丘陵和山间盆地。青岩附近的璇宫、神仙洞等地就是这一地区的岩溶形成。

### 二 河流

青岩的主要河流是青岩河，属于珠江流域西江水系。青岩河主源为思丫河，源出贵阳市花溪区党武乡银光洞。先向东北后向东流，经摆牛、党武、下坝、思丫、后面坡等地，于花溪上板桥与别源会合。别源出自贵阳市燕楼大黄马，东北流经翁岗、斗篷山南麓，于上板桥与主流会合。二源合流后，折而向南经石头寨至青岩，称青岩河。

青岩河在歪脚纳北来的杨眉河、三岔河（地名）和纳东北来的老榜河，于宫詹桥纳东来的赵司河，在惠水县境（长田）格壤纳东来的三岔河、孙家寨纳西来的长田水，水量逐渐增大，当其流至惠水蒙连寨时，即称蒙江或涟江。蒙江继续南流，相继于罗甸两河口，纳西北来的格凸河，岔河渡纳东北来的巴盘江（又名金刚河）后，在拉油以下注入红水河。天然落差 121 米，平均比降 4.71‰，流域面积 317 平方公里。

青岩河是一条古老的河，历史上古人也作过多次考察，尤以清代道光《贵阳府志》记载颇详，其所记发源地与流注地和今人所记大体不差，唯河流名称和流经地名多有变更，与今名不同。境内河长 30 公里，平均比降 4.6‰，集水面积 314.5 平方公里，其中境内集水面积 260.8 平方公里，出境处的多年平均天然流量为 6.2 立方米/秒。青岩河在境内的支流有：

翁岗河。发源于燕楼，在花溪的下板桥附近汇入青岩河。河长 10.7 公里，平均天然流量为 0.68 立方米/秒。

杨眉河。发源于孟关乡西冲岩，在青岩镇的歪脚附近汇入青岩河，河长 9.1 公里，平均比降 11.7‰。集水面积 21.6 平方公里。汇入青岩河的多年平均天然流量为 0.42 立方米/秒。在杨眉河上已建成小型水库。

老榜河。发源于龙里县的石姑岩，在青岩镇的岔河汇入青岩河，河长 21.1 公里，其中境内河长 12.1 公里，平均比降 13‰，集水面积 83.2 平方公里，其中境内集水面积 49.5 平方公里，汇入青岩河的多年平均天然流量为 1.63 立方米/秒。

赵司河。发源于高坡乡摆桑，在青岩镇宫詹桥附近汇入青岩河。河长 15.9 公里，其中境内河长 13 公里，平均比降 27.2‰，集水面积 79.4 平方公里，其中境内集水面积 59.4 平方公里，汇入青岩河的多年天然平均流量为 1.56 立方米/秒。

三岔河。发源于高坡乡孟耳，在高坡沙坪附近出境，境内河长 12.1 公里，平均比降为 42.1‰，集水面积 23.9 平方公里，其中境内集中面积 22 平方公里。出境处的多年平均天然流量为 0.46 立方米/秒。

青岩另一条河是流经境内的马铃河。马铃河发源于长顺县格里青，在马铃乡东部出境。河长 29.5 公里，其中青岩境内河长 19.2 公里，平均比降 9.4‰，集水面积为 100 平方公里，出境处的多年平均天然流量为 3.02 立方米/秒。又，马铃河的支流为湾河，发源于青岩镇樟木洞，河长为 12.3 公里，其中境内河长 8.2 公里，平均比降 6.8‰，集水面积 16.7 平方公里，汇入马铃河的多年平均天然流量为 0.45 立方米/秒。

# 第三节　气　候

## 一　气温

贵阳的春季平均气温在 15℃—19℃ 之间，夏季在 23.5℃ 以上，秋季在 14℃—18℃ 之间，冬季在 7.5℃ 以下、4.9℃ 以上。各季之间，除冬季外，其他春、夏、秋三季气温相差不大。所以俗谚有"四季无寒暑"之说。贵阳正常时期的年平均温度为 15.1℃—15.2℃，青岩则为 15.3℃。

青岩一年中气温的变化，以 1 月最低，7 月最高，从 1 月至 7 月气温渐次递升，而以 3、4 月增温最快，4 月较 3 月一般增加 5℃ 以上，从 7 月至 1 月，气温依次递降，又以 10 月至 11 月降温最迅速，两月之差也近于 5℃。而 5、6、7、8 月，气温之差一般较小，尤其是 7 至 8 月，其差值都不超过 1℃。因此，青岩气温的年变化较小，具有冬温夏凉的特点。这是因为在冬季，来自北方的寒潮，经长途跋涉后影响较弱，因而气温不致很低，最冷月（1 月），平均气温为 4.9℃，而在夏季，由于地势较高，气温也不会很高，最热月（7 月）平均气温 24.4℃。平均全年最冷月与最热月的温差为 19.0℃。

贵阳市的霜一般出现在秋末至春初的一段时间里，以晴空风静的凌晨最易发生，多年平均有霜日数为 11.9 天，最多可达 26 天，青岩与贵阳情况相似，仅霜日略比贵阳少，平均每年有霜 10 天，最多 19 天，初、终间日也较短。贵阳的无霜期平均为 270.5 天，青岩曾有过全年无霜期的记录（1972 年至 1973 年），完全能保证各种作物正常生长和发育。

在温热、温和、温凉三种气候类型区划中，青岩属温热区。温热区的条件：海拔高度在 1200 米以下，大多数地区在 1050—1100 米之间。属丘盆地貌，气候温热湿润，水热资源丰富。热量：年平均气温在 14.5℃—15℃ 之间。霜冰期 70 天至 80 天，无霜期 270 天至 290 天。降水量：年总量的地区水平变化在 1140 毫米至 1200 毫米之间。灾害性天气：干旱、秋风、冰雹均较其他地区轻。

对照温热区的条件，青岩海拔 1060 米到 1200 米之间，年平均气温为 15.3℃，无霜期 280 天。霜冰期 70 天至 80 天，年降水量 1178 毫米。旱灾、风灾、雹灾均较其他地区轻，故属温热区。青岩农业气候条件优越，水热资源丰富，适宜发展粮油、蔬菜、禽、蛋、果。贵阳市大部分蔬菜地分布在该区，是多种蔬菜种植自然条件最好的地区。1959 年，青岩所属的西街、南街、北街、龙井村、新哨村、歪脚村、思潜村、杨眉村都列为贵阳市常年蔬菜规划区，现南街仍是蔬菜专业生产基地。该区气温完全能满足水稻、小麦的热量条件，还可复种水稻、小麦。

### 二　日照

贵州高原是全国云雾最多的地区，所以也是全国日照最少的地区。贵阳市的日照时数也处于全国低值区内，历年平均总日照数为 1360.6 小时。青岩比贵阳稍少，大约为 1280 小时。

一年的日照总时数之年际变化较大，据贵阳市气象局 1939 年至 1980 年共 42 年的资料分析，最高一年（1963 年）年日照总时数为 1788.5 小时，最少值出现在 1976 年，仅 1044.3 小时，二者之差竟达 744.2 小时。就近 30 年的日照时数而言，1951 年至 1970 年，日照时数较多，年平均值在 1412.6 小时。1971 年至 1980 年较少，年平均值为 1280 小时。

一年中日照时数的时间分布也是不均匀的。日照时数分布的地区差异一般规律是，西部多于东部，中部多于南北部。因此，贵阳市多数地区年日照均在 1200 小时左右，青岩稍高，达 1260—1360 小时之间。

贵阳气象站观测资料说明，贵阳市年总辐射平均值为 90.3 千卡/平方厘米。贵阳的太阳总辐射有较大的年变化，总辐射最多年可高达 126.1 千卡/平方厘米（1966 年），最少年仅 57.7 千卡/平方厘米，其差值约为最少年的 1.17 倍。一年中，以夏半年太阳总辐射最丰富，其中 7、8 月份平均为 11.4 千卡/平方厘米，8 月份平均为 11.1 千卡/平方厘米。冬半年则大为减少，尤以 12 月和 1 月最少，仅 4 千卡/平方厘米稍多。青岩的年太阳总辐射 90 千卡/平方厘米，与左右的地区相差不大。

### 三　降水

降水日数。贵阳市全年降水总日数约在 185 天至 195 天之间，青岩的雨日数略多于贵阳市区。

降水强度。贵阳市降水强度的地区差异不大，花溪及青岩约为 153.4 天。

降雪和积雪：贵阳地处亚热带，降雪和积雪都较少。根据 1961 年至 1980 年的气象资料，平均每年降雪 2 至 6 天，花溪及青岩平均每年降雪 5.2 天。

雨淞，又叫凝冻。据 1961 至 1980 年的统计资料，贵阳每年平均有雨淞天气 7.8 天。花溪及青岩为 1.7 天。

降水量，贵阳和青岩每年降水量大致相同。青岩年降水量 1178.1 毫米，贵阳稍高为 1196.9 毫米。各月降水量以 6 月最多，一般均在 200 毫米以上。以 1 月最少，在 20 毫米以下，与 6 月最高值相比，仅为十分之一。青岩的雨季，开始于 4 月中旬，终止期在 10 月中、下旬，起止之间的平均日数为 176 天。雨季总水量平均达 1015.1 毫米。按雨季内总水量超过 800 毫米的保证率达 89%，说明在雨水均匀的情况下，青岩多数年份雨季降水量能够满足农业生产的需要，尤其在春夏之际降水量多，温度又高，形成水热同季的气候特点，对农作物的生长极为有利。

### 四　风向风速风力

风向。贵阳的风向特征是与大气环流特征密切联系的。冬季，贵阳市各地以偏北风为多。夏季，北方冷气流已大规模北撤，风向多为偏南、偏东。春秋季节则为各种气流同时作用，节向变化较大，但仍以偏北风为多。贵阳市若以 1、4、7、10 月，分别代表春、夏、秋、冬四季，青岩则在 4 月偏南风向最多，夏季均为偏南。

风速。贵阳市平均风速不大，年平均风速一般在 2 米/秒左右，在 1950 年至 1980 年 30 年中，年平均风速为 2.2 米/秒，青岩为 2.3 米/秒。一般在冬春交替时期，由于冷暖气流激荡频繁，气流运动剧烈，因此风速较大，而在秋季风速较小。青岩的平均风速也以春季为大，且较贵阳、乌当稍高。此外，5、6 月的平均风速也较大。

风力。根据贵阳多年平均风速的统计资料，贵阳全年平均风速在 2.2 米/秒，为二级风。短时间常有五级以上大风，风速为 8—14 米/秒。有时短时风速可达 16 米/秒，为七级大风。在贵阳八级以上的大风不多，多年平均仅 5 天左在。青岩约在 10 天以上。大风多发生在春季，尤以 3、4 月最多，平均每月的大风日数分别为 1.1 天及 1.4 天,其他各月均不足 1 天。青岩则以 2、3、4 月大风日数较多。

### 五　自然灾害

#### (一) 干旱

春旱,一般 2 月 1 日到 4 月 30 日出现。强度以旬雨量小于 10 毫米、连续 2 旬者为轻旱,连续 3 旬至 4 旬者为中旱,连续 5 旬以上为重旱。贵阳市的春旱以轻旱为多。青岩在春旱中,发生重旱的年份有:1963 年 2 月底至 4 月 30 日共 81 天,仅降水 59.9 毫米;1974 年 2 月 1 日至 3 月 31 日共 59 天,只降水 27.1 毫米;1978 年 2 月 1 日至 4 月 10 日共 79 天,降水量仅 42.6 毫米。

夏旱,发生于夏季 6 月至 8 月。贵阳市的夏旱以中旱为多(从入旱之日起平均日雨量小于或等于 2 毫米,连续 10 天至 19 天,为中旱)。花溪干旱最严重的一年是 1981 年,自 5 月 21 日至 8 月中旬,降水量仅 224.6 毫米,比历年同期平均值减少 343 毫米,比多雨的 1979 年同期偏少 588 毫米。这次干旱也波及青岩,持续到 9 月初,为 60 年之最。

#### (二) 暴雨

贵阳的暴雨是以日降水量在 50 毫米至 75 毫米的暴雨为主。1996 年 7 月 1 日下午 8 时至 2 日下午 5 时,贵阳市遭受特大暴雨袭击,两城区雨量为 201.5 毫米,青岩也达到 224.3 毫米,是近百年来未遇的由暴雨形成的洪灾。

#### (三) 冰雹

贵阳市及各区的气象观测统计,自 1951 年至 1980 年的 30 年间,平均每年有雹日 2.1 天,青岩从 1961 年至 1980 年的 20 年间,平均雹日约为 0.85 天,青岩属少雹区。青岩也不在贵阳地区冰雹经过的路径,故受冰雹影响甚微。

#### (四) 秋季低温

夏末秋初的低温阴雨天气,被视为水稻减产的主要灾害性天气,称为秋季低温。一般把 7 月下旬至 8 月中旬这段时间内日平均气温小于 20℃,连续 2 天或者短时最低温度小于 15℃ 的天气作为秋季低温。但是,秋季低温在贵阳市海拔 1070 米的地方并不严重,青岩海拔在 1060 米至 1200 米之间,故没有什么危害。

#### (五) 霜冻

地面最低温度 2℃ 为轻度霜冻,0℃ 为中度霜冻,-2℃ 为重度霜冻。贵阳市多年平均全年有轻霜冻 22.84 天，中霜冻 10.52 天，重霜冻 13.33 天。各类霜冻均以 12 月至次年 2 月发生的频率最大，一般在 3 月即告结束。青岩海拔不高，霜冻期在 70 天至 80 天，对农作物危害不大。

# 第四节　动植物

## 一　植物

青岩气候温暖湿润，适于各种植物生长、发育，且因地势高低起伏，地表组成物质复杂，土壤类型多样，因而植物种类繁多。主要代表植物为青冈栋、岩栋、云南樟、香叶树、贵州泡花树、多种鹅耳枥、枫香、光皮桦等。但由于长期人为活动的影响，目前青岩地区的植被主要为次生类型，其中以灌丛草坡为主。在灌丛中，又以藤刺灌丛所占面积最大，主要种类有火把果、小果蔷薇、金樱子、多种悬钩子、菅草、细柄草、扭黄茅、野古草、马唐、狗脊、贯众等，此外，还有较大片的马毛松林分布，但多与枫、槐、桦等阔叶树混生。千百年来，由于人工培养，许多野生植物已变成了栽培植物。但青岩附近仍有不少野生植物。在青岩的众多植物品种中，值得提出的有以下几种：

（一）青岩油杉（又名罗松）。是青岩特有，为常绿叶乔木，叶线形，两面中脉均隆起，长 1.5 至 5 厘米，宽 2 至 4 厘米。先端圆或微尖，基部渐窄。幼树或萌生枝上的叶梢长宽，雌雄同株，雄球花簇生枝顶，雌球花单生枝顶，球果直立，圆柱状，椭圆形，长 5 至 16 厘米。种鳞卵形、宽卵形或斜方状卵形，上部边缘无细缺齿，微外曲，10 月中熟。

1961 年中国林业科学院教授引证了引自青岩镇的 8279 号油杉模式标本，发现它与分布于陕西、四川、湖北、湖南、贵州其他地区的铁坚油杉，有着密切的亲缘关系。不同之处有：冬芽圆球形，一年生枝干后，呈红褐色。为此，将它定为铁坚油杉的一个变种。因其生长地在青岩，故命名"青岩油杉"，并编入《中国林木志》中归于油杉属的一个新种。

油杉树在世界上只有 11 个品种，除两种产于越南外，为我国特有的树种，即海南油杉、云南油杉、矩鳞油杉、台湾油杉、柔毛油杉、黄枝油杉、铁坚油杉、青岩油杉、江南油杉共 9 种。而青岩油杉唯青岩独有。

青岩油杉生长在海拔 1100 米至 1300 米的石灰岩山地，分布极为狭窄，数量也极稀少。解放前曾遭受砍伐，现仅存 22 亩 727 株，其中较大的有 284

株，最大的高达 25 米，直径 1.7 米，位于青岩歪脚村山坡上。过去，山坡上有庙，名"云龙阁"，这些树由庙内住持管理。该庙建于康熙年间，现庙已消失。这些油杉已有二百余年历史。青岩油杉是由另地带来的种子，栽植后因气候土壤不同，由铁坚油杉变种而成为特有的青岩油杉。解放后，土改时划为国有林。现花溪林业局、青岩镇人民政府都在林地立有石碑，作为稀有林木加以保护。

（二）青岩野生刺梨（又作茨梨）。属蔷薇科小灌木。果实含有糖类及营养物质，可食用，为贵州民间喜食的野果。康熙《贵州通志》、道光《贵阳府志》中都有记载，《贵阳府志》载："刺梨，野生，干如蒺藜，实如石榴，壳有刺，熟时可吃，味微酸，可熬为膏，亦可和米酿酒。黔属俱有，越境即无。"可见刺梨为贵州特产。青岩少数民族以之酿成刺梨酒，已有数百年历史。

刺梨的特殊营养价值，直到 20 世纪 80 年代始为贵州科学家罗登义发现。罗氏是贵州农学院院长，研究营养学的专家，在对 170 多种水果、蔬菜的营养成分进行分析后，发现刺梨含丙种维生素（维 C）特别丰富，在每百克刺梨果肉中，含维 C2054 毫克至 2729 毫克，平均含量为 2391 毫克。较之四川广柑高 50 倍，比梨子、苹果高 500 倍，为一般水果蔬菜所望尘莫及。这一发现引起了人们高度重视。

1983 年对刺梨的研究被列入贵阳市科技攻关项目，1986 年列为"七五"星火计划项目，由贵阳龙泉食品厂从德国引进全自动生产线，生产刺梨汁、香槟、果脯等产品，已进入国内、国际市场。

经贵州农学院刺梨栽培研究室鉴定，贵州所产刺梨以贵阳市青岩镇所产及附近的花溪乡、桐木岭所产最优。青岩镇所产刺梨有两个品种最优，一种被命名为"贵农 2 号"，树高 1.5 米，冠径 2 米，果实呈纺锤形，黄色，刺短、稀、软，单果平均重 13 克左右，最大果重 16.6 克，果肉厚 0.55 厘米，汁多、肉质脆，味甜酸，品质上等，每百克含维生素丙 2162.4 毫克至 2343.7 毫克，总糖 5.02% 至 6.76%，还原糖 2.71% 至 3.51%，总酸度 1.14% 至 1.52%，单宁 0.15% 至 0.3%，8 月成熟，为早熟品种。另一种青岩所产刺梨，被命名为"贵农 8 号"，果实稍小，单果平均重 12.5 克，最大重 16.13 克，果肉厚 0.5 厘米、汁多、肉质脆、有香味、无涩味，品质上等，每百克果肉含维生素丙 1990.68 毫克至 2453.5 毫克，总糖 0.21%。8 月中下旬成熟，系早熟品种。

青岩刺梨多而质优，这与地理条件有关，青岩地处温热区，海拔在 1331 米以下，大多数地区在 1050 米至 1100 米之间，属丘盆地貌。气候温热湿润，有很多适于刺梨生长的阴暗沟壑。现在虽然科研部门已在新场、百宜等乡从事人工培养，取得了成功经验，但青岩的野生刺梨的优点仍不可替代。

利用青岩野生刺梨酿制刺梨酒是青岩布依族的传统习俗，以龙井村最为典型。每年八月、九月刺梨成熟期，采集刺梨果切破晒干，除去籽粒，到冬腊月用清水浸泡两三天，放在坛子里蒸熟，混合糯米酒在缸中泡一个月左右，把刺梨取出，封好缸口，再用谷壳或锯木屑堆在酒缸周围，文火焙七天七夜，就酿成了味道醇厚清香的刺梨酒。早在清代康熙年间，青岩的龙井、关口（现新关）等村寨布依族先民就已经用这种方法制酒，以后又推广到其他布依族地区。青岩的刺梨酒成为中外游客喜爱的产品。

（三）青岩野玫瑰。落叶灌木，茎密生锐刺，羽状复叶。小叶 5 片至 6 片，上有皱纹，夏季开花，花单生，紫红色或白色，芳香，果扁球形。用鲜艳的玫瑰花，可以提制芳香油，为高级香料。花可入药，治肝胃气痛、月经不调、跌打损伤等症。青岩少数民族采集野玫瑰花与糖配合，做成玫瑰糖，其味芳香，兼能治病，已有数百年历史。玫瑰糖最先为歪脚平家兴起，现已成为青岩古镇的土特产品，亦为游客所喜爱。

## 二 动物

青岩地区由于森林较少，经济开发活动多，动物的种类和数量较少。史书上虽记载贵阳地区（含青岩）有"虎、豹、熊、鹿、獐麂、野猪"等动物，但因几百年来人口增多，植物森林遭破坏，以及人类捕杀，这类野生动物已逐渐稀少甚至绝迹。现在青岩地区的鸟类大多为农田及灌丛鸟类，如白鹭、池鹭、麻雀、山麻雀、金翅、鸢、金腰燕、红尾水鸲等 40 余种。兽类大多为农田小型兽类，如黑线姬鼠、针毛鼠、沟鼠、社鼠和草兔等。鱼类有鲤鱼、鳝鱼、鲫鱼、鲢鱼、草鱼、乌棒鱼、泥鳅等。其他两栖爬行动物有青竹标、乌梢蛇、菜花蛇、游蛇、鳖、大鲵（娃娃鱼）、乌龟等。野生鱼类中的大鲵，过去青岩河中曾产此物，近已少见。

# 第三章

# 民族与人口

## 第一节　民　族

　　青岩原为少数民族聚居地区。明初，大量军队在贵州屯田，自耕自给，在青岩安置军队 120 人屯田，特许军人家属也来青岩居住，并落户青岩，世袭军籍。另外，在距青岩堡仅 1 里的歪脚村又设置一个百户所，称余庆堡，也安置 120 名军人屯田。同时又在距青岩堡约 4 里的摆托村设置 1 个百户所，称摆托堡，仍安置军人 120 人屯田。以上三个百户所的军人家属都可屯田住家，世袭军籍。屯田军人共 360 人，加上军属共有近 700 人，这些人都是汉族，是今天青岩人的祖辈。从明初到清末，经过数百年的繁衍，其人数已超过了青岩本地原有的少数民族。

　　清代中叶，青岩又成了边界相连的定番州（今惠水县）、广顺州（今长顺县）、龙里县等农村商品交易的大集市，外地人来青岩经商落户者不少。经百余年，原来以少数民族人口居多的青岩，到 20 世纪 50 年代初已有明显变化，汉族约占总人口的三分之二，少数民族只占三分之一。青岩少数民族虽然少于汉族，仍有将近万人，他们与周边花溪布依族苗族乡、黔陶布依族苗族乡、高坡苗族乡、孟关苗族布依族乡、马铃布依族苗族乡以及惠水布依族苗族自治县等少数民族乡镇有着文化、经济、风俗等各方面的联系。

　　青岩总人口，据 1990 年第四次全国人口普查统计，共 26795 人，其中汉族 17406 人，占总人口的 64.95%；苗族 5291 人，占总人口的 19.74%；布依族 4047 人，占总人口的 15.1%；其他少数民族 51 人，占总人口的 0.19%。据 2000 年第五次全国人口普查统计，青岩镇总户数为 7532 户，29968

**图 3.1　古镇民族舞蹈**

人，其中汉族 18344 人，占总人口的 61.21%，少数民族人口 11624 人，占总人口的 38.79%。

## 一　苗族

### （一）语言文字

苗族，秦汉时期，不断西迁。在东汉光武帝时沿清水江而深入贵州聚居，成为贵州苗民的祖先。贵阳境内的苗语，分属川黔滇方言（又称西部方言）中的川黔滇次方言、贵阳次方言、惠水次方言、罗泊河次方言。青岩苗族属贵阳次方言和惠水次方言。贵阳次方言又分北部土语和西南土语。苗语内部语言差异较大，方言与方言之间，土语与土语之间，甚至同一土语区内，语言也有一定差异。因此，在作为交际工具时，一般是在本支系中进行，对外则用汉语。贵阳次方言北部土语，主要分布在花溪、青岩、党武、黔陶、马铃、石板、燕楼、麦坪、孟关、乌当、下坝、东风、偏坡、龙洞堡、黔灵、永乐等地。该土语的苗族人口较多，分布面广，但各地语言中的个别声、调仍有一些差异。贵阳次方言南部土语，主要分布在青岩、马铃、湖潮、花溪、孟关、燕楼等地。惠水次方言，主要分布在青岩、高坡、黔陶、孟关、小碧以及马铃等乡镇。青岩苗族语言适应面广，与周边许多地区的苗族都可通话。

（二）文化艺术

苗族没有文字，但口头语言的民间文学很丰富，有神话，如《创世神话》、《十二个太阳》、《人类繁衍》等；有传说故事，如《喂画眉的由来》、《青蛙的故事》、《四月八》等，至今仍在苗族中广为流传，青岩苗族的文化艺术基本上与各地苗族相同。

唱歌、舞蹈是苗族的喜爱和特长，多用苗语歌唱，主要用芦笙伴奏。有酒歌，一般用于结婚、节日聚会、走亲访友、宾主之间相互祝贺；有叙事歌，歌唱开天辟地、祖先来源、生产生活、抗灾、打虎英雄等；有情歌，是苗族男女青年在谈情说爱、社交活动时所唱；有丧歌，是吊唁时所唱，歌词叙述亡人生平，多为中年妇女独唱。

舞蹈有祭祀性舞蹈，主要在本家族中表演，以祭祖为目的。有节日聚会舞蹈，每年正月、二月，苗族男女青年，聚集跳花场，跳芦笙舞，叫"跳月"。青岩附近桐木岭之跳花场，远近闻名。有自娱性舞蹈，一般在农闲和季节性节日中跳，数十青年男女自由组合，跳芦笙舞、花鼓舞、花棒舞等。

乐器方面，苗族乐器有管乐器和打击乐器两种，管乐器以芦笙、唢呐最常用。打击乐器有铜鼓、皮鼓、铜锣等。

（三）民间工艺

苗族妇女挑花刺绣有悠久历史，早在明代嘉靖《贵州通志》中就有贵阳苗族喜用彩线挑成"土锦"、"绣花衣裙"的记载。苗族村寨几乎家家户户女孩从小就学会刺绣挑花，构图全凭挑绣者丰富的想象力，配搭各色丝线，挑刺出布局合理、线条流畅、颜色鲜艳、造型完整的各种图形。作为旅游工艺品，在国内享有盛名。

苗族银饰是苗族人民盛装的重要组成部分之一。青岩苗族男女普遍喜戴银饰品，尤以青年妇女为最，亦有悠久历史。明郭子章《黔记》（万历）中有"苗族以银环、银圈饰耳"的记载。苗族银饰过去多由苗族银匠加工，制作精致，有银制项圈、手镯、戒指、耳环、簪、梳、锁、链、凤冠等。青岩各地苗族所用的刺绣品和银饰基本一样。

（四）服装

青岩苗族有花苗、青苗、白苗、红毡苗，其服式、佩戴各有不同。

住青岩北街的花苗妇女盛装以青色为主，头子巾用白布挑花，青布衬底缝合，系于发髻，衣是不开襟的"贯首衣"，穿长裤百褶裙，腰系花围腰条带，背饰挑花小背扇，头发梳为盘髻，上插银簪 8—12 根，颈戴大小不同的银项圈数个坠于胸前，再加银锁、银铃等。整套银饰，多者重达 4 公斤。男盛装较简，无银器佩戴，头包青布帕，身着青布或蓝布开襟长衫，束青布腰带，前后系花围腰，后背系花背扇。

　　住青岩南街的青苗妇女盛装以青布为主，青色对襟衣，领襟相连，无纽扣，前襟短，后襟长。内穿长裤，外穿青布百褶裙，荷叶式裙脚，缝有蓝、白、红三条栏杆。腰带绣有剑形图案，带尖缀有红黄绿线璎珞。头无银饰，项戴银项圈大小九个排列于胸前，银饰一把和银铃系于项圈下，腰后系银泡若干，整个银饰重约 3.5 公斤。未婚妇女头戴用青色布折叠而成的马鞍形帽，前低后高，前配一束红黄色绒丝线，并用彩色绣球插于帽前。男盛装，头包青或蓝布长帕，衣为青或蓝大襟长衫，大裤脚，系青色腰带，左腰侧系乡绣花帕一条。

　　住青岩摆早村的白苗、红毡苗妇女盛装，用青布长 3 丈至 5 丈，纵向折成二指宽条，于头际自上而下盘缠，下小上大，前尖后钝，形似舰船。为便于佩戴银饰，梳妆时用假瓢、银梳等。服装由上衣、背牌、长裤、裙子、围腰组成。上衣为中两开襟衣，有领无袖无扣，缝制时，用两条等长宽布片，沿布纵向拼缝一半，构成身的背部，再用两条布片作前身，并在两布片中段开领窝口，左右前襟与背部在腋下拼合，下开小衩。衣领用白布从襟脚沿布边缝缀，绕过颈窝，直至另一襟脚而成上衣。着装时，因短袖难御寒，旧时用布片裹包小臂，今则改穿各种彩色毛衫，外罩绿或浅蓝开襟衫，一般上衣无花纹。背牌是服饰最重要的装饰品，由两片长方形黑布制成，一大一小，大布片中，用黄丝线挑刺成正八角形图案，传说这是象征苗族祖先曾统治黑羊箐（今贵阳城）时用的大印，两条布连接，搭于左右肩领端，头从方框中穿过，自然形成挑花大印披在背部上方。小折一块挑花布片垂于胸前。套上背牌后，颈戴银项圈数十个，耳戴大钩银耳环，手戴银手镯，使上半身显得银光闪闪。下穿长裤，短而肥大，为了御寒，皆缠裹腿，现多改为绒袜。裙子为黑色百褶裙，用自织腰带绑束身。男装与其他各地苗族一样，头包青布帕，盛装穿青蓝大衽长衫，束青布腰带。平时穿着基本上与本地汉族农民相同。

　　（五）婚俗

　　青岩苗族在选择配偶上有充分的自由，未婚青年每逢正月、二月节令，聚集跳花场，吹芦笙跳舞，参加大型社交活动，促成互相结识。清末到民国

**图 3.2　青岩镇的苗族民居**

年间，则是自由选择与父母包办并存。此外，还有姑表结婚的习俗，即舅舅家有娶外甥女为儿媳的权利，一般要娶长外甥女或被看中的某个女儿，不论女方愿意与否，都要服从，谓之"舅家要，跑不掉"。如若外嫁，须备一份厚礼送给舅家，叫"还娘钱"、"外甥钱"。但另有部分苗族婚姻，与上列情况相反，即姑妈的儿子有权娶舅舅的女儿，叫做"侄女赶姑妈"。

　　苗族婚姻另有一个规定，同一血缘的同族、同宗以及同血缘关系的同族异姓，不允许结婚。非本支系苗族或其他民族也不通婚。

　　结婚年龄，解放前，一般男性十三四岁，女性十六七岁，男小女大，结婚不坐家。以青岩为例，结婚酒席为三天，第四天送亲（又叫认亲），送新娘回娘家，新郎还要挑着糯米糍粑、鸡、肉、酒作为认亲礼物。此后，经过一段时间，新郎再接新娘回来住家。解放后随着国家婚姻政策的修改和完善，青岩苗族结婚年龄有些变化，基本上也按照婚姻法谈婚论嫁。

　　（六）丧俗

　　一般地区大致与汉族相同，凡老人去世，有报丧、沐浴、入殓、择日安葬、开孝、祭奠、开路、发丧、出殡、埋葬等程序。不同的是，青岩苗族有"敲牯牛祭奠"之习俗，与布依族"砍牛"祭祀相似。将牯牛绑于木桩，由大女婿用木槌对准牛头，重锤锲入，牛即倒地，将牛头带角置于神龛上，永久供祭。祭祖之牛，不得作宴席菜肴，不准剥皮，牛颈、牛身、牛腿、牛脚，以及肚条，就地全部分给亲戚、家族及其他在场人。这是属于土葬。随着国家及各级政府殡葬改革法规和政策的不断完善，丧葬已按相关规定执行。

历史上青岩苗族还有悬棺葬、岩棺葬，现只存遗迹。

（七）姓氏

明清以前，青岩苗族有名无姓。如阿烈、阿沙，只是名，并无姓，为了分清血缘关系，苗族采取父名在后，子名在前的办法，例如，父名送当，子名良，就把父亲的送字，连在良字后面，叫良送，孙子叫供，又把父亲的良字连在供字后面，叫供良，这样，祖孙三辈的名就是送当（祖）、良送（子）、供良（孙）。这种有名无姓的习俗，子孙繁衍，全凭口头记忆，无文字。明弘治十七年（1504 年），贵州巡抚刘洪向朝廷上奏，所属土苗，族类渐蕃，混处无别，乞以百家姓编为字号，赐之汉姓，未得批准实行。清康熙以后才逐渐始用姓氏，按照汉人命名方式取名。


**二　布依族**

（一）历史与文字

贵州布依族的历史渊源有两种说法：一说源于中国东部的少数民族，后来西迁，一部分来到贵州，成为苗以外的一支较早的民族，被称为夷家。另一说布依是春秋时越国的民族，称越人，居江、浙、闽、粤等地，部落甚多，古称百越（或写百粤）。秦汉以后，分布在长江中下游以南地区，一部分迁入贵州，被称为仲家。明代弘治《贵州图经新志》、清代道光《贵阳府志》中有相关记载。仲家与夷家都被认为是同一民族，即现在的布依族。解放后，1953 年 8 月 24 日，贵州省民族事务委员会召开少数民族代表会议，决定更改"仲家"、"夷家"的称谓，改称布依族，从此统一了布依族的称谓。

布依族长期以来只有自己的语言，没有书面文字。1956 年，有关部门组织民族文字专家，以青岩龙井村布依族语言为代表，用拉丁字母帮助布依族设计布依文字方案，从此，贵阳布依族有了拼写自己语言的民族文字。20 世纪 50 年代，贵阳地区先后开办了 3 处布依族文字试验推广点，举办 3 个培训班，培训学员 140 人。1981 年继续在贵阳市开办布依文师资培训班，设立布依文推行点，共 8 个班次，受训学员 300 人。布依文推行后，已将《布依族礼俗话歌》、《布依族祭祀歌》、《布依歌》、《布依族酒歌》等译成布依文流传。

（二）服饰

布依族妇女的服饰，《新唐书》中有记载："妇人以横布二幅，穿中贯其首，号曰通裙。美发，髻垂于后，以竹简三寸斜贯其中饰以珠玛。"明弘治《贵州图经新志》中也有"妇女以青布一方裹头，着细褶青裙，多至二十余幅，腹下系五彩挑绣方幅，如绶（丝带），仍以青布袭（合）之"的记载。清初，穿百褶裙，佩戴银饰。清代中叶，易裙为裤。民国前后，又改为短衣窄袖，衣袖镶花边，裤脚也镶花边。衣服多是大襟关长衣，衣长近膝盖，无小领，衣袖镶有栏杆（一种纯正织的花边），拴花围腰，头包青布帕。幼女戴虎头尾巴帽，帽前方缀有"长命富贵"等字样，身系青布腰带。青年姑娘，富有者，佩戴围腰练、项圈、手镯、耳环。头发则用青布帕裹头，"把把转"式发髻，卷曲固定在脑后。冬天，习惯扎裹脚，戴于笼，平时穿草鞋，走亲做客时，穿绣花布鞋或绣花勾鞋。

男人服饰简单，但很古老。史书记载，布依族"男子左衽"、"短衣科头"、"衣为青色"。"衽"就是衣襟，古代某些少数民族的服装，前襟向左掩，与中原人民的服装前襟向右掩恰好相反，这是我国边疆少数民族服装与中原人民服装的最明显的区别。布依族男子所穿的衣襟向左掩的服饰，已有两千多年的历史。到了明代，中原人口大量进入贵州，穿的衣服是衣襟向右掩（右衽），把发挽在头上，布依族男子的服饰受其影响，逐渐改为"右衽"。民国时期穿对襟衣（即胸前衣襟为两片，由中间扣拢）服式的人多了，布依族男子为了劳动方便，也改穿对襟衣的短服，与汉人所穿无大的区别。

解放后，布依族妇女的服饰、衣料、制作都有较大改变，除少数高龄妇女仍保留原有花边栏杆衣服外，其余都放弃花边栏杆装饰。部分中年妇女仍系有民族特色的绣花围腰，包青布帕，但衣服比以前改短了，裤脚改小了。改革开放以来，多数姑娘已改穿现代流行服装。青岩布依族妇女服饰和男人服饰均与以上大致相同。

（三）文化艺术

青岩的布依族能歌善舞，唱歌有酒歌，一般是酒席上宾主对唱，内容有安桌歌、筷子歌、散碗歌、开壶歌、赞酒歌、赞房屋歌、贺拳歌等；有盘歌，男女青年社交初次见面，便唱歌盘问对方姓名、住址、是否有恋人等，借以互相了解；有民歌，亦称山歌，男女对唱，以四言八句为一首，要求押韵；有古歌，内容包罗万象，如开天辟地歌、数方向歌、做客歌、姻亲歌、过年歌、留媳歌等，一般在举行婚宴、兴建房屋等重要节日和喜庆之日以对歌形式演唱。演唱双方人数不定，少则二人，多则十几人。主人预备烟酒杯盏，主人先唱敬茶、敬酒歌，然后由歌手们转唱"古歌"。古歌有过门，有头、有尾、有规律，每首歌有百余行，一唱一和，要一个多小时，唱完三五首，就天亮了，故有时要唱几天几夜。

舞蹈有点兵舞，表现大将出兵前点兵的情景；有背剑舞，12人持刀排成两行，相对起舞；有红灯舞，由8个少女身穿红色服装，手持红灯于正月初九至正月十五（元宵节），出灯起舞；有织布舞，表演布依族人民从植棉、纺纱、织布的整个过程，边舞边唱，舞姿优美，突出布依族妇女勤劳而热爱艺术的性格。

常用的乐器以唢呐最为著名，曲调很多。有用于喜庆场合的，如结婚、建房、祝寿等；有用于哀悼场合的，如丧事、扫墓、祭奠之类。在喜庆场合，布依族的唢呐手喜找对方同行竞赛，探测对方的吹奏水平，若遇高手，则通宵达旦比赛，吹奏得难解难分。

青岩布依族在纺织、刺绣、蜡染方面，都是自种棉，自纺织，直至成布、做衣。刺绣、蜡染工艺精致美观，特别是设计的图案富有丰富的想象力，已成为重要商品。

（四）婚俗

青岩的布依族有些礼节基本上与汉族相同，男女双方可自由恋爱，但要结为夫妻，还须父母同意。另有"指腹为婚"的，双方是亲戚好友，女眷怀孕时，相约生下子女，结为婚姻，这种习俗过去汉人也有。但布依族约定，若双方生下都是男孩或女孩，为了保持双方感情，因系同年生，男孩互叫"老庚"，情同兄弟，对双方父母称老庚爹、老庚妈。女孩则结为姊妹。

布依族物色对象要女方大于男方，因布依族，家务操劳多由妇女主持，故有"男长女，养不起；女长男，好种田"的俗谚。另外，过去布依族物色对象必须是同一民族，现已不再局限于本民族。

布依族婚后住家，是一种特有的风俗。布依族结婚叫办红喜事，酒期一般要三天，第四天新娘即随送亲客转回娘家。这是因为布依族过去普遍早婚，姑娘年纪小，不能胜任男家的劳动，让新娘回娘家多住几年，增强持家能力，并报父母养育之恩。约一二年后，男家派人（一般是派小姑子）去接新妇回来，但也只住一两天又回家去，再接再回，如此来来去去大约两三年时间，生了第一个孩子后，才永住夫家。生第一个孩子满月时办满月酒，娘

**图 3.3　布依族妇女在庙会上合唱山歌**

家才把嫁妆送到婆家。此俗现仍存续。

（五）丧俗

青岩的布依族入殓、祭奠、出殡等，大体上与汉人相同，所不同者是"砍牛"祭祀。死者安葬前，由丧家自备牛一头（或由女婿买来作为送礼），丧家请"摩公"（巫师）择一地点，竖起一根长 4 米、粗 10 厘米的木桩，顶上挂五彩纸钱吊花，将牛拴在木桩上，然后举行仪式，参加仪式的主要是死者的孝男孝女，以及来吊丧的亲友。由女婿（有些地区是舅子）备好佳肴一桌，一个红包，一把刀，捧盘敬请师傅杀牛。牛杀死后，从牛身上连皮带肉割下一块，放在死者灵前供祭，其余由丧家用来款待亲友和寨邻，但家属是不能吃的。解放后，这种"砍牛"仪式改为杀鸡、杀羊代替。

（六）节日

青岩的布依族多数坐落在溪河两岸的旁边，依山傍水，构屋而居，少数坐落半山腰，与汉族接近交往时间长，因而许多节日如春节、清明节、端午节、七月半、重阳节、腊月送灶神等都与汉族相同或大同小异，只有几个与汉族不同的节日。

"三月三"。布依族在农历三月三这天，要祭祀土地和山神。认为土地生长五谷，山上生长林木都由神管理，遂于是日，供祭两神，祈求一年四季平安。青岩镇的布依族在这天要举办隆重的传统民族风情活动，其内容有民歌对唱、民族舞蹈等，周围数十里的各族男女老少都来观看，场面十分热闹。也到邻近地区参加歌会等活动。

"四月八"。青岩"四月八"这天，布依族的妇女都要到山上采集风香叶、李木皮、酸汤杆等原料，经过加工，分别把糯米染成红、黄、蓝、黑、紫五色，蒸熟后，和在一起，搅拌成颜色鲜艳、气味芬芳的花糯米饭，布依语叫"豪丸"。除在节日里吃一些外，其余晒干贮存。平时或混合黏米饭煮食，或与腊肉混炒，或用油炸脆，都是别有风味的食品。在这天，还要开展赛马、斗牛、对歌等活动。许多男女青年还要穿戴节日盛装，到贵阳城中喷水池附近，与苗族同胞欢度民族传统节日。

"六月六"。"六月六"是布依族最隆重最具民族特色的节日，家家户户都要用五色糯米包成大量的糯米粑祭祖，开展各种活动。青岩的布依族除自身组织活动外，还到各邻近地区参加欢庆。青年男女借此机会出外"朗绍"，对歌玩耍。女青年带两串特制的粽子，送给男朋友作纪念。这种特制的粽子是将笋叶壳裹成菱形，下面吊一个三角形看去似糍粑，实际里面装的是茶叶，外面用五色丝线缠绕，精巧美观，显示女青年的手工工艺。

# 第二节　人　口

## 一　人口概况

解放后，青岩户口统计日益走上正轨。1964 年，全国第二次人口普查，青岩镇总人口 8203 人。1990 年，全国第四次人口普查，青岩镇总人口 26759 人。1994 年，青岩镇自查总人口 27077 人。1995 年，青岩镇自查总人口

27232 人。1996 年，青岩镇自查总人口 28348 人。1997 年，青岩镇自查总人口 28608 人。1998 年，青岩镇自查总人口 28821 人。2000 年，全国第五次人口普查，青岩镇总人口 29968 人。2002 年，全镇自查总人口 30203 人。2003 年，全镇自查总人口 31061 人。

表 3.1　　　　1999 年、2002 年青岩镇各村（居）人口统计总表

| 居委会或村委会 | 自然村（个） | 户数（户） | | 人口（人） | | 男（人） | | 女（人） | |
|---|---|---|---|---|---|---|---|---|---|
| | | 1999 | 2002 | 1999 | 2002 | 1999 | 2002 | 1999 | 2002 |
| 东街居委会 | | 278 | 276 | 784 | 797 | 379 | 391 | 405 | 406 |
| 西街居委会 | | 81 | 118 | 282 | 339 | 139 | 168 | 143 | 171 |
| 南街居委会 | | 242 | 219 | 693 | 619 | 345 | 319 | 348 | 300 |
| 交通路居委会 | | 254 | 250 | 712 | 720 | 390 | 373 | 322 | 347 |
| 北街居委会 | | 233 | 254 | 601 | 643 | 295 | 334 | 306 | 309 |
| 歪脚街村委会 | 6 | 466 | 518 | 2095 | 2192 | 1067 | 1074 | 1028 | 1118 |
| 山王庙村委会 | 4 | 168 | 163 | 568 | 701 | 352 | 362 | 216 | 339 |
| 摆托村委会 | 8 | 241 | 251 | 1024 | 1037 | 601 | 512 | 423 | 525 |
| 杨眉村委会 | 7 | 501 | 547 | 2348 | 2420 | 1140 | 1185 | 1208 | 1235 |
| 摆早村委会 | 8 | 350 | 372 | 1622 | 1725 | 833 | 877 | 789 | 848 |
| 新哨村委会 | 6 | 455 | 506 | 1895 | 2145 | 1081 | 1059 | 814 | 1086 |
| 思潜村委会 | 12 | 548 | 603 | 2661 | 2766 | 1500 | 1392 | 1161 | 1374 |
| 二关村委会 | 6 | 150 | 155 | 627 | 655 | 319 | 311 | 308 | 344 |
| 大坝村委会 | 2 | 134 | 161 | 675 | 740 | 340 | 362 | 335 | 378 |
| 龙井村委会 | 1 | 260 | 242 | 1086 | 1120 | 530 | 550 | 556 | 570 |
| 新关村委会 | 2 | 209 | 206 | 846 | 903 | 419 | 466 | 427 | 437 |
| 达夯村委会 | 13 | 487 | 536 | 2327 | 2422 | 1171 | 1199 | 1156 | 1223 |
| 谷通村委会 | 6 | 420 | 378 | 1774 | 1804 | 806 | 935 | 968 | 869 |
| 新楼村委人 | 5 | 243 | 257 | 1037 | 1188 | 503 | 600 | 534 | 588 |
| 南街村委会 | 3 | 459 | 486 | 1707 | 1797 | 766 | 810 | 941 | 987 |
| 西街村委会 | 4 | 244 | 377 | 1127 | 1063 | 522 | 508 | 605 | 555 |
| 北街村委会 | 8 | 526 | 604 | 2312 | 2377 | 1162 | 1164 | 1150 | 1213 |
| 总计 | 101 | 6949 | 7479 | 28803 | 30173 | 14660 | 14951 | 14143 | 15222 |

注：（1）1999 年，5 个居委会共 1088 户，总人口 3090 人，男 1566 人，女 1524 人。（2）1999 年，17 个村委会共 5861 人，总人口 25731 人，男 13112 人，女 12619 人。（3）2002 年，5 个居委会（含商业街）共 1127 户，总人口 3090 人，男 1605 人，女 1485 人。（4）2002 年，17 个村委会共 6362 户，总人口 27048 人，男 13386 人，女 13662 人。

表 3.2　　　　　　　　　　2003 年青岩镇各村（居）人口统计表

| 村名 | 自然村（个） | 户数（户） | 人口（人） | 实有劳动力（人） |
|------|------------|-----------|-----------|----------------|
| 合计 | 101 | 7397 | 31052 | 14871 |
| 歪脚 | 6 | 511 | 2133 | 1203 |
| 山王庙 | 4 | 161 | 850 | 338 |
| 摆托 | 8 | 247 | 1060 | 422 |
| 杨眉 | 7 | 561 | 2269 | 1229 |
| 摆早 | 8 | 378 | 1729 | 877 |
| 新哨 | 6 | 506 | 2157 | 1178 |
| 思潜 | 12 | 605 | 2781 | 1585 |
| 达夯 | 13 | 539 | 2429 | 1264 |
| 谷通 | 6 | 381 | 1767 | 974 |
| 新楼 | 5 | 259 | 1156 | 817 |
| 二关 | 6 | 158 | 653 | 453 |
| 大坝 | 2 | 163 | 745 | 486 |
| 龙井 | 1 | 255 | 1144 | 676 |
| 新关 | 2 | 209 | 923 | 534 |
| 南街 | 3 | 483 | 1473 | 982 |
| 西街 | 4 | 261 | 734 | 638 |
| 北街 | 8 | 607 | 1275 | 1215 |
| 小计 | 101 | 6284 | 25278 | 14871 |
| 东居 | | 277 | 1240 | |
| 南居 | | 215 | 809 | |
| 西居 | | 116 | 662 | |
| 北居 | | 256 | 1175 | |
| 交居 | | 249 | 1888 | |

## 二　人口结构分析

人口密度。青岩镇辖境面积 92.28 平方公里，1990 年统计，总人口 26795 人，平均每平方公里人口密度 290 人。2000 年统计，总人口 29968 人，平均每平方公里人口密度 324.75 人，在花溪区各乡镇中人口密度居中等。

人口增长率。1964 年第二次全国人口普查，青岩镇有非农业人口 4571 人。1982 年第三次人口普查全镇人口 8203 人（含南街、西街、北街 3 个村 3749 人，不含青岩乡 17015 人）。从 1964 年至 1982 年 18 年间，1982 年比 1964 年增长 79.64%。1990 年第四次全国人口普查，全镇总人口 26795 人，比 1982 年总人口的 8203 人（不含青岩乡人数）增长 226.65%，8 年间即增长两倍多。这是改革开放以来，青岩镇人口机械增长最快的时期。此后，人民政府加强计划生育管理，提倡晚婚晚育，大力宣传和实施少生优生、提倡一对夫妇只生一个孩子的生育政策，1990 年到 1999 年生育率有所下降。1999 年全镇总人口 28821 人，比 1990 年总人口 26795 人仅增 2026 人，10 年间人口增长仅 7.56%。

性别结构。据 1990 年全国第四次人口普查，青岩镇总人口 26795 人，其中男 13668 人，女 13127 人，男比女多 541 人。1999 年调查，全镇总人口 28821 人，其中男 14678 人，女 14143 人，男比女多 535 人。根据 2000 年第五次全国人口普查统计，全镇总人口 29106 人，其中男 15016 人，女 14090 人，男比女多 926 人。由图 3.1 的性别比例可以明显地看出青岩镇的男性人口比例多于女性人口比例。

文化结构。1990 年第四次人口普查时，对青岩镇各种文化程度人口作了调查，全镇不识字或少识字的 12 周岁以上的人口有 6723 人，占总人口 26795 人的约四分之一。其中中专学历 164 人，高中学历 494 人，两者合计 658 人，占总人口的 2.45%。大学本科学历 13 人、大专学历 31 人，二者合计 44 人，占总人口的 0.16%。根据 2000 年第五次人口普查，由图 3.2 可以清楚地看到，小学文化人口比重为 45.14%，初中文化人口比重为 36.55%，高中或中专文化人口比重为 3.07%，大专以上文化人口比重为 0.46%。不识字人口约占总人口的 15%。

表 3.3　　**青岩镇总户数总人口表**（2000 年第五次全国人口普查统计）

| 街（村） | 总户数 | 总人口 | | | 家庭户 | | | | 集体户 | | | |
|---|---|---|---|---|---|---|---|---|---|---|---|---|
| | | 合计 | 男 | 女 | 户数 | 人口 | | | 户数 | 人口 | | |
| | | | | | | 合计 | 男 | 女 | | 合计 | 男 | 女 |
| 总　　计 | 7341 | 29108 | 15175 | 13933 | 7321 | 28961 | 14866 | 14095 | 20 | 195 | 150 | 45 |
| 东关居委会 | 361 | 1279 | 659 | 620 | 360 | 1271 | 659 | 612 | 1 | 8 | | 8 |

续表

| 街（村） | 总户数 | 总人口 | | | 家庭户 | | | | 集体户 | | | |
|---|---|---|---|---|---|---|---|---|---|---|---|---|
| | | 合计 | 男 | 女 | 户数 | 人口 | | | 户数 | 人口 | | |
| | | | | | | 合计 | 男 | 女 | | 合计 | 男 | 女 |
| 东街居委会 | 262 | 877 | 441 | 436 | 261 | 866 | 431 | 435 | 1 | 10 | 9 | 1 |
| 南街居委会 | 434 | 1505 | 740 | 765 | 434 | 1505 | 740 | 765 | | | | |
| 西街居委会 | 225 | 878 | 461 | 417 | 221 | 777 | 365 | 412 | 4 | 101 | 96 | 5 |
| 北街居委会 | 321 | 1071 | 535 | 536 | 316 | 1047 | 528 | 519 | 5 | 24 | 7 | 17 |
| 南街村委会 | 282 | 1121 | 563 | 558 | 282 | 1121 | 563 | 558 | | | | |
| 西街村委会 | 227 | 917 | 482 | 435 | 225 | 908 | 475 | 433 | 2 | 9 | 7 | 2 |
| 北街村委会 | 356 | 1294 | 703 | 591 | 351 | 1280 | 691 | 589 | 5 | 14 | 12 | 2 |
| 歪脚村委会 | 481 | 2061 | 1002 | 1059 | 481 | 2061 | 1002 | 1059 | | | | |
| 山王庙村委会 | 202 | 806 | 421 | 385 | 202 | 806 | 421 | 385 | | | | |
| 摆托村委会 | 239 | 1024 | 523 | 501 | 239 | 1024 | 523 | 501 | | | | |
| 杨眉村委会 | 529 | 2092 | 1095 | 997 | 529 | 2092 | 1095 | 997 | | | | |
| 摆早村委会 | 394 | 1689 | 867 | 822 | 394 | 1689 | 867 | 822 | | | | |
| 新哨村委会 | 448 | 1889 | 955 | 934 | 448 | 1889 | 955 | 934 | | | | |
| 思潜村委会 | 606 | 2497 | 1308 | 1189 | 606 | 2497 | 1308 | 1189 | | | | |
| 达夯村委会 | 532 | 2235 | 1158 | 1077 | 532 | 2235 | 1158 | 1077 | | | | |
| 谷通村委会 | 381 | 1583 | 846 | 737 | 381 | 1583 | 846 | 737 | | | | |
| 新楼村委会 | 269 | 1083 | 558 | 525 | 268 | 1110 | 585 | 525 | 1 | 19 | 12 | 7 |
| 二关村委会 | 147 | 978 | 703 | 275 | 147 | 582 | 307 | 275 | | | | |
| 大坝村委会 | 169 | 698 | 356 | 342 | 169 | 698 | 356 | 342 | | | | |
| 龙井村委会 | 264 | 710 | 363 | 347 | 263 | 1099 | 555 | 544 | 1 | 10 | 7 | 3 |
| 新关村委会 | 212 | 821 | 436 | 385 | 212 | 821 | 436 | 385 | | | | |

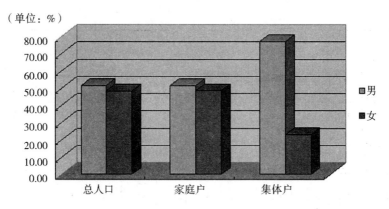

**图 3.1 性别比例 (2000 年)**

表 3.4　　　　　　**青岩镇人口文化程度一览表 (六周岁以上)**

（2000 年第五次人口普查统计）

| 街（村） | 合计 | 大专及以上 | 高中或中专 | 初中 | 小学 | 扫盲班 | 未上过学 | 不识字 | | 0—5周岁人口 |
|---|---|---|---|---|---|---|---|---|---|---|
| | | | | | | | | 小计 | 其中：15周岁以上 | |
| 总　　计 | 32448 | 136 | 899 | 10697 | 13210 | 212 | 4350 | 4324 | 4029 | 2944 |
| 东关居委会 | 1349 | 19 | 92 | 437 | 496 | 45 | 157 | 145 | 145 | 103 |
| 东街居委会 | 876 | 8 | 81 | 350 | 285 | 1 | 82 | 82 | 76 | 69 |
| 南街居委会 | 1515 | 14 | 156 | 512 | 542 | 3 | 163 | 163 | 152 | 125 |
| 西街居委会 | 878 | 14 | 50 | 289 | 352 | 1 | 107 | 107 | 101 | 65 |
| 北街居委会 | 1126 | 61 | 92 | 399 | 360 | 8 | 120 | 120 | 109 | 86 |
| 南街村委会 | 1119 | 1 | 23 | 344 | 504 | 5 | 137 | 137 | 121 | 105 |
| 西街村委会 | 932 | 2 | 33 | 298 | 385 | 3 | 138 | 137 | 114 | 73 |
| 北街村委会 | 1294 | 6 | 64 | 409 | 539 | 11 | 147 | 136 | 124 | 118 |
| 歪脚村委会 | 2066 | 1 | 38 | 626 | 998 | 2 | 206 | 206 | 199 | 195 |
| 山王庙村委会 | 806 | | 3 | 149 | 389 | 7 | 178 | 178 | 172 | 80 |
| 摆托村委会 | 1024 | | 15 | 270 | 493 | 6 | 127 | 127 | 125 | 113 |
| 杨眉村委会 | 2093 | 2 | 27 | 635 | 999 | 9 | 231 | 231 | 230 | 190 |
| 摆早村委会 | 4821 | 3 | 57 | 3294 | 684 | 18 | 442 | 440 | 385 | 323 |

续表

| 街（村） | 合计 | 大专及以上 | 高中或中专 | 初中 | 小学 | 扫盲班 | 未上过学 | 不识字 | | 0—5周岁人口 |
| --- | --- | --- | --- | --- | --- | --- | --- | --- | --- | --- |
| | | | | | | | | 小计 | 其中：15周岁以上 | |
| 新哨村委会 | 1898 | 1 | 30 | 450 | 925 | 9 | 296 | 296 | 288 | 187 |
| 思潜村委会 | 2477 | 1 | 18 | 431 | 1407 | 16 | 350 | 350 | 309 | 254 |
| 达夯村委会 | 2255 | | 32 | 465 | 1070 | 25 | 422 | 422 | 388 | 241 |
| 谷通村委会 | 1583 | | 12 | 290 | 698 | 4 | 398 | 398 | 365 | 181 |
| 新楼村委会 | 1129 | 2 | 21 | 254 | 549 | 18 | 174 | 174 | 159 | 111 |
| 二关村委会 | 582 | 1 | 2 | 96 | 327 | 3 | 107 | 107 | 101 | 46 |
| 大坝村委会 | 697 | | 13 | 164 | 368 | 2 | 80 | 80 | 79 | 70 |
| 龙井村委会 | 1107 | | 22 | 321 | 494 | 12 | 142 | 142 | 142 | 116 |
| 新关村委会 | 821 | | 18 | 214 | 346 | 4 | 146 | 146 | 145 | 93 |

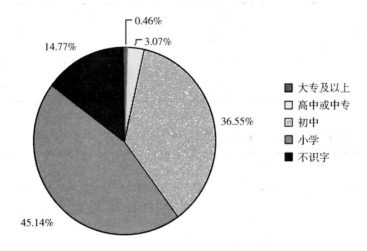

图3.2 不同文化程度人口占总人口的比例（2000年）

人口民族结构。青岩镇人口除汉族外，苗族、布依族人数较多，分布面广，全镇5个街道居委会，17个村民委员会境内都有分布。现有苗族百人以上的街村13个，布依族百人以上的街村9个，其在各街村的分布情况如表3.5和表3.6所示。青岩镇总人口据1990年第四次全国人口普查统计，共26795人，其中汉族17406人，占全镇总人口的64.95%，分布于全镇5个居民委员会和 17 个行政村中。2000 年第五次人口普查统计，全镇共有 29106 人，其中汉族 17806 人，占全镇总人口数的 61.18%，苗族、布依族人数次之。各街村汉族人口占总人口的比例如表 3.7 和图 3.3 所示。另外，青岩镇还有回、侗、满等 10 多个少数民族，零星分布于各街村。

表 3.5　　　　　　　　2000 年青岩苗族百人以上的街村一览表

| 街（村） | 人数 | 街（村） | 人数 | 街（村） | 人数 | 街（村） | 人数 |
|---|---|---|---|---|---|---|---|
| 南街 | 200 | 山王庙村 | 314 | 新哨村 | 114 | 西街村 | 266 |
| 交通街 | 291 | 摆托村 | 570 | 达夯村 | 655 | | |
| 北街 | 394 | 杨眉村 | 499 | 新楼村 | 161 | | |
| 歪脚村 | 641 | 摆早村 | 699 | 南街村 | 194 | | |

表 3.6　　　　　　　　2000 年青岩布依族百人以上的街村一览表

| 街（村） | 人数 | 街（村） | 人数 | 街（村） | 人数 |
|---|---|---|---|---|---|
| 山王庙村 | 267 | 思潜村 | 274 | 新关村 | 771 |
| 摆早村 | 619 | 大坝村 | 176 | 达夯村 | 19 |
| 新哨村 | 271 | 龙井村 | 924 | 西街村 | 227 |

表 3.7　　青岩镇人口民族构成状况（2000 年第五次全国人口普查统计）

| 街（村） | 人口总数 | 汉族 | 其他民族 | 汉族人口比例（%） |
|---|---|---|---|---|
| 总　计 | 29179 | 17879 | 11300 | 61.18 |
| 东关居委会 | 1279 | 973 | 306 | 76.08 |
| 东街居委会 | 876 | 756 | 120 | 86.30 |
| 南街居委会 | 1505 | 1205 | 300 | 80.07 |
| 西街居委会 | 878 | 597 | 281 | 68.00 |
| 北街居委会 | 1066 | 722 | 344 | 67.41 |
| 南街村委会 | 1121 | 709 | 412 | 63.25 |
| 西街村委会 | 917 | 324 | 593 | 35.33 |

续表

| 街（村） | 人口总数 | 汉族 | 其他民族 | 汉族人口比例% |
|---|---|---|---|---|
| 北街村委会 | 1274 | 1008 | 266 | 77.90 |
| 歪脚村委会 | 2016 | 1287 | 729 | 62.45 |
| 山王庙村委会 | 806 | 20 | 786 | 2.48 |
| 摆托村委会 | 1024 | 337 | 687 | 32.91 |
| 杨眉村委会 | 2092 | 1485 | 607 | 70.98 |
| 摆早村委会 | 1689 | 156 | 1533 | 9.24 |
| 新哨村委会 | 1889 | 1457 | 432 | 77.13 |
| 思潜村委会 | 2500 | 2114 | 386 | 84.66 |
| 达夯村委会 | 2235 | 1223 | 1012 | 54.72 |
| 谷通村委会 | 1583 | 1436 | 147 | 90.71 |
| 新楼村委会 | 1129 | 901 | 228 | 81.17 |
| 二关村委会 | 582 | 561 | 21 | 96.39 |
| 大坝村委会 | 698 | 449 | 249 | 64.33 |
| 龙井村委会 | 1199 | 133 | 1066 | 12.10 |
| 新关村委会 | 821 | 26 | 795 | 3.17 |

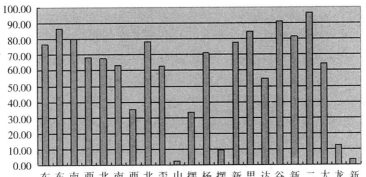

图3 各村委会汉族人口比例

# 第四章

# 农业和农村经济

## 第一节　新中国成立以来的土地制度沿革

### 一　土地制度

明清以来直至 20 世纪 50 年代前，青岩基本属单个的农户农业状态，农民耕种土地，缴纳田赋，但土地大多数掌握在少数人即地主、富农手中。据 1949 年有关资料统计，青岩全镇（按现行政区划）共 618 户，只有地主、富农 130 户，却占有大量田土，仅吴姓一户地主，就有土地 1400 亩，雇用佃农最多时达 200 多人。而且当时生产力低下，粮食产量很低。20 世纪 50 年代后，青岩农村进行土地改革，经历了互助组、合作社、人民公社、土地承包联产责任制，农户均有了自己的田土耕种，除缴纳公粮外，可以自由支配自己所有的农产品，而农业也由单个的传统农业经济转向多种经营的现代农业，发展成为以粮食为主体，逐步走向小康的欣欣向荣的新农村。1950 年，全镇开展了以"清匪、反霸、减租、退押、征粮"五大任务为主要内容的反封建斗争。1952 年，完成土地改革，单家独户的农民根据"自愿、互利、自由结合"的原则，组织临时性、季节性或常年性的农业互助组，其中陈华斌互助组在全贵阳市也算较早的。1953 年，青岩所辖的赵司乡有互助组 31 个，参加农户 220 户，占全乡的 70% 以上。东关村施云珍互助组有 12 户组员（贫农 10 户、小商贩 2 户），人口 56 人（男 25 人、女 31 人），主劳力 14 人（男 9 人、女 5 人），原年均产量 383 挑（当时计量单位），建立互助组后达 422.5 挑，互助组成立的当年产量达到 477.5 挑。关口村有临时互助组 10 个，农户 120 户，其中有贫农 38 户，中农 63 户，地主、富农和其他

14 户；人口 531 人，贫农、中农 480 人。全村水田产量 3908 挑，干田产量 1617 挑，土产量 985 挑。1953 年底，全镇农村基本实现互助化。

## 二 农业合作化

1954 年，随着全市初级农业合作化运动的开展，青岩所属各村也相继成立了农业合作社，计有中院、金龙、大院、水塘、小院、和平、新城、南关、西街、书院、北街、爱国、东关、平家街、弓腰、摆托、兰花关、茅草、魏家街等 21 个，共有农户 505 户（汉族 173 户、苗族 164 户、布依族 168 户），贫农、中农占多数，人口 2146 人，主要劳动力 956 人（男 547 人、女 409 人）；粮食产量：水田 11057 挑，干田 5050 挑，土 1524 挑。在建社过程中，因各村的情况不同，有一些变化。如歪脚魏家街合作社元月份成立之初，共有 29 户参加，不久便有 4 户退社，只剩 25 户。21 个农业合作社共有互助组 389 个（其中常年组 376 个，临时组 13 个），单干 27 户。初级农业合作社的建立，进一步促进了农业生产的发展，粮食作物产量和农民人均收入都有所提高，农民体验到组织起来的好处。1955 年，在初级社的基础上，经过短期的培训，全镇初级社均转为既领导生产，又管理行政的村社合一的高级社，同时实行了农村手工业加商业的合作化，完成了农村的社会主义改造。

## 三 人民公社

1958 年，全国开始"大跃进"和人民公社化运动，贵阳市范围内各区也相继将高级社合并组成公社，青岩于 9 月 1 日成立了青岩人民公社，由原来的 24 个高级社组成，共有汉、苗、布依各族农户 6273 户，27397 人。有 23 个生产大队，耕地 5.3 万亩。公社化后，"社政合一"，强调"一大二公"，实行三级所有制，三级核算，军事化管理，生产上大搞深耕，一系列过激的行动，致使农业生产受到严重的影响。青岩公社化以后，在一些方面确实比高级社有所进步，但在总的形势下，仍与全市农村一样，造成了经济发展的困难局面。

1961 年以后，为贯彻中央"调整、巩固、充实、提高"方针，扭转公社化所带来的困难局面，青岩公社也进行了各方面的调整，实行以生产队为基本核算单位的"三级所有，队为基础"的体制，允许社员发展家庭副业和手工业，恢复农贸市场，退还自留地，停办食堂等，农业生产得以恢复和开始正常发展。1962 年，全社共 3235 户，12093 人，19 个生产大队（粮食队 11 个、蔬菜队 8 个），149 个生产队（粮食队 78 个、蔬菜队 71 个），经营蔬菜的社员有 6047 人。耕地面积 14330 亩，菜地 3627.5 亩。到 1965 年，全社耕地面积 17246 亩，粮作物总产量达 924.2 万斤，亩产 516 斤。经济作物、造林、大牲畜饲养增长都较以前快。1964 年的"四清运动"、1966 年开始的"文化大革命"，青岩公社与全市农村一样，经济受到严重破坏和影响。公社制度一直持续到 20 世纪 70 年代末，才逐渐被一种新的经济体制所代替。

### 四　家庭联产承包责任制

1978 年冬天开始，全市农村实行以家庭联产承包责任制为主要形式的体制改革，突破了人民公社单一集体经营的形式，把生产队划分为几个作业组，由作业组向生产队完成各项农副业产品上交任务，青岩与全市同步，着手划分作业组，实行定产到户、联产计酬的生产责任制，并在第二年就出现较好的效益。达夯大队鼠场生产队 52 户，278 人，有劳力 130 人，田土 301 亩，人均 1.08 亩。1977 年前，生产发展缓慢，产量长期在 20 万斤以下。1979 年，全队根据劳力搭配，分成三个作业组，分片承包作业，组内还可以按土地面积，由几个人或一人承包，并对质量提出要求，不合格的要扣减全组一定的包工分，奖励完成得好的作业组。组内为避免吃大锅饭，还将农活定量定人，采取这些措施，调动了社员的积极性，提高了劳动工效。往年栽秧需要一个月左右，承包后只用半个月就结束；薅水稻、苞谷，往年只薅一次，现普遍都薅了二至三道。由于实行了承包责任制，全年粮食产量达到28.2 万斤，创历史最高水平，总收入 52256 元，增长 43.6%。另外，经济作物大都超额完成计划，收入 6000 多元，其中西瓜收入 4400 元，用工还减少30%（120 个）。

20 世纪 80 年代初，全公社所有生产队均已实现个人（即家庭）包产到户和包干到户的联产承包制，并与生产队（大队）签订了包干合同。该合同内容主要有：家庭人口、劳力情况、田土数量、粮食和经济作物的生产指标以及缴纳公粮、缴纳集体任务、上交生产队任务等。新哨村农户陈云忠，全家 6 口人，5 个劳动力，承包田 6 亩，土 5.5 亩。1983 年人均粮食千斤以上，纯收入 440 元；1984 年，人均粮食 1050 斤，纯收入 1000 元。并种了柑橘600 棵、枇杷 40 棵、樱桃 10 棵、桃 60 棵、梨 7 棵；喂了 5 头猪；另有枳壳苗 4 万株、草莓 3 万株；又与其他人共同承包塘库一个，1984 年放养鱼苗

14000 尾。西街大队第六生产队农户李国芳，全家 5 口人，劳动力 1 人，承包田 31 亩、土 0.28 亩，一年中除自己生活和结余外，完成生产队的上交任务粮食 292.1 斤，油菜子 55 斤。另外缴购国家粮食 190 斤、各种贸易粮 147.7 斤、超购粮 44.5 斤、社用粮 8.3 斤、油菜子 16.4 斤；交售干辣椒 5 斤、葵花籽 24 斤、鸡蛋 2 斤、饲料粮 68 斤；上交生产队有关费用 10.98 元，偿还分牛款 65 元。每户农户承包的情况不同，主要视承包田土地多少来定。承包年限各生产队也不一样，有的 10 年，有的 20 年，由各生产队自定。

随着联产制的逐步完善，农村体制发生很大变化。1984 年，农村实行行政、经济分开，恢复乡镇建制，公社体制结束。这一变化，大大调动了农民的积极性，除农业生产外，广泛开展了多种经营，产生了多种专业户、经营户和工农商联合体，农村经济体制完全改变。20 世纪 90 年代，进行承包延期工作。1998 年，镇政府成立了延长土地承包期工作领导小组，由镇党政主要领导和各部门负责干部参加，具体领导，并拟定《工作实施意见》，9 月 5 日至 15 日，组织全镇验收，共延长、签订《土地承包合同》、《土地承包经营权》4860 户，"三户一人" 转包合同 368 户 108 份，发放率达 100%，完成全镇所有村的延长承包工作，获得区的表彰，荣获一等奖。为稳定各种家庭承包制，使农民放心，镇给西街等村 30 个村民组 810 户农民发放了 20 年不变的土地承包使用证，大大提高了农民发展生产的积极性。几年后，西街等原来比较贫困的村寨逐渐摆脱了贫穷，走向小康，一年的收入比承包前增长了好几倍。西街村共有村民 195 户，人均收入 1100 元以上的有 143 户，占全村农户的 73%；800 元到 1100 元的有 20 户，占全村农户的 10.25%；600元到 800 元的有 26 户，600 元以下的有 6 户。杨眉村共有村民 435 户，人均收入 1100 元以上的有 10 户，最高的达 2096 元。新哨村实行承包责任制后解决了用水问题，摆脱了贫困，全村 410 户人家种果树的有 380 户，种植柑橘、枇杷、梨子、樱桃等水果 1450 亩，占全镇水果种植面积的 34.3%，年产水果 317 吨。该村的两季蔬菜收入达 23.3 万元。养猪 20 头以上的有 12户，10 头至 19 头的有 20 户，5 至 9 头的有 80 户，计 292 户，占全村人口的 71.2%。人均收入达 1100 元以上的有 60 户。大坝村有村民 123 户，家家种蔬菜，以胡萝卜为主，亩产 2000 斤至 7000 斤，产值 800 元至 2000 元左右。该村 1100 元以上的有 55 户，占全村农户的 44%；1000 元左右的有 30 户，占全村农户的 24.3%；800 元左右的有 30 户，也占 24.3%；600 元以下的有 4 户，只占 3%。

全镇形成了以各村为基础的家庭联产承包责任制的新型农村经济体系，同时大力发展"城郊型"农业。到 90 年代末，青岩已成为贵阳市郊适应城市需要，拥有早菜、果树、西瓜、烤烟、油玫瑰、兔肉、瘦肉型猪、大头菜等商品生产基地的多种经营的新型乡镇，也是贵阳市的万亩杂交水稻种植乡镇之一，根据全镇的经济发展规划建立的十个农副商品生产基地已具规模。优质水稻生产基地，全镇规划面积 8000 亩，使用优质良种，实施规范化栽培，配套水利排灌，年产优质稻米 960 万斤，产值 76 万多元。早熟早菜生产基地，按规划在思潜、杨眉、西街等村种植 3000 亩，实施稻、菜轮作制度，选用优良品种，使用小拱棚和地膜覆盖栽培，年产水稻 360 万斤，蔬菜 900 万斤以上，产值 36 万元。水产生产基地，主要分布在歪脚、杨眉、北街、龙井、达夯等村寨，饲养水面 1000 亩，养鱼和饲养美国牛蛙、青蛙等特殊水产品，年产鲜鱼 50 万斤，产值 25 万元。水果生产基地，分布在新哨、思潜、北街、摆托、摆早、杨眉、达夯、谷通、龙井等村寨，栽种面积 15000 亩，选用石榴、李子、樱桃、梨、枇杷、杨梅和银杏、板栗等干果，年产 1500 万斤，产值 90 万元。大头菜生产基地，分布在杨眉、思潜、达夯、谷通等村寨，种植面积 1000 亩，年产 250 万斤，产值 25 万元。烤烟生产基地，分布在摆托、杨眉、达夯、谷通、新楼等村寨，种植面积 500 亩，选用优良品种，实施规范化栽培，年产 15 万斤，产值 15 万元。魔芋生产基地，分布在杨眉、北街、达夯、新关、谷通等村寨，种植面积 1000 亩，年产 950 万斤，产值 475 万元。药材生产基地，分布在新关、达夯、谷通、二关、新楼等村寨，种植面积 3000 亩，主要栽培杜仲、黄柏、金银花等，年产值达 450 万元。食用菌生产基地，分布在西街、北街、新哨、杨眉、谷通、达夯、新楼等村寨，栽培蘑菇 60 余亩，年产鲜蘑菇 100 吨，产值 36 万元。折耳根生产基地，分布在杨眉、摆托、歪脚等村寨，种植面积 2000 亩，年产 400 万斤，产值 400 万元。这些商品基地经济效益显著，给农民带来了好处，经济型农业生产已在全镇大规模展开，青岩镇农村产业结构得到有效调整。

## 第二节　农业发展与农民收入

20 世纪 50 年代公社化时期至 70 年代末，青岩的社会总产值较低，这与传统的农村经济结构有关。80 年代初，农业经济结构发生很大变化，党和国家的农村政策逐渐开放,青岩镇的工农业总产值逐年上升。1980 年 332 万元,1982 年 347 万元,1983 年 654 万元,1984 年达到 786 万元,比 1980 年增长 1.38 倍。其中农业产值 1980 年 156 万元,1982 年 282 万元,1983 年 359 万元,1984 年 227.01 万元;林业产值 1980 年 1.3 万元,1982 年 4 万元,1983 年 4.5 万元;牧业产值 1980 年 31.4 万元,1982 年 77.1 万元,1983 年 110 万元;副业产值 1980 年 104.8 万元,1982 年 150.1 万元,1983 年 87.6 万元;渔业产值 1980 年 0.24 万元,1982 年 1 万元,1983 年 2 万元。1987 年,全镇社会总产值已达 2114 万元,其中农业产值 1210 万元。1988 年总产值 2570 万元,其中农业产值 1561 万元。1989 年总产值 2800 万元,其中农业产值 1600 万元。90 年代,工农业总产值随着全镇经济的快速发展,每年均以数百万元的速度增长。1990 年,总产值 3289.79 万元,比上年增长 16.7%,其中农业产值 1946.28 万元,增长 14.55%。1991 年,总产值 4404 万元,增长 34.5%,其中农业产值 2049 万元,增长 5.1%。1992 年,总产值 4600 万元,增长 8.7%,其中农业产值 2236 万元,增长 2.5%。1993 年,总产值 5877 万元,增长 29.8%,其中农业产值 2537 万元,增长 2.2%。1994 年,总产值 9052 万元,增长 68.85%,其中农业产值 4369 万元,增长 81.28%。1995 年,总产值 13000 万元,增长 54.44%,其中农业产值 6222 万元,增长 42.4%。1996 年,总产值 18055 万元,增长 31.06%,其中农业产值 6793 万元,增长 9.17%。1997 年,总产值 21125 万元,增长 16.98%,其中农业产值 7399 万元,增长 8.92%。1998 年,总产值 20426 万元,其中农业产值 3266 万元。2003 年,全镇总产值 13758 万元,增长 15%,其中农业产值 5692 万元,比 2002 年增长 7.01%。

表 4.1 　　　　　　　　2003 年青岩镇各村主要经济情况一览表

| 村名 | 耕地面积 | | 农民人均纯收入(元) | 粮食(吨) | | |
|---|---|---|---|---|---|---|
| | 总面积(公顷) | 其中:田(亩) | | 总产量 | 水稻 | 人均占有粮食(公斤) |
| 歪脚 | 75 | 898 | 3162 | 919 | 786 | 430 |
| 山王庙 | 47 | 527 | 2929 | 369 | 248 | 434 |
| 摆托 | 54 | 562 | 2961 | 516 | 384 | 486 |
| 杨眉 | 98 | 1176 | 3142 | 1127 | 884 | 496 |
| 摆早 | 80 | 919 | 2958 | 821 | 623 | 475 |
| 新哨 | 115.6 | 1152 | 3163 | 1120 | 826 | 519 |

续表

| 村名 | 耕地面积 | | 农民人均纯收入（元） | 粮食（吨） | | |
|---|---|---|---|---|---|---|
| | 总面积（公顷） | 其中：田（亩） | | 总产量 | 水稻 | 人均占有粮食（公斤） |
| 思潜 | 138.7 | 1474 | 3390 | 1411 | 846 | 507 |
| 达夯 | 156.7 | 1231 | 3004 | 1280 | 750 | 527 |
| 谷通 | 103 | 879 | 2960 | 905 | 538 | 512 |
| 新楼 | 69 | 593 | 2927 | 586 | 352 | 507 |
| 二关 | 41 | 340 | 2896 | 345 | 204 | 528 |
| 大坝 | 57 | 585 | 3007 | 454 | 328 | 609 |
| 龙井 | 54 | 550 | 3004 | 553 | 441 | 483 |
| 新关 | 38 | 349 | 2915 | 405 | 281 | 439 |
| 南街 | 45 | 100 | 3119 | 486 | 447 | 338 |
| 西街 | 39 | 560 | 3183 | 111 | 86 | 151 |
| 北街 | 66 | 785 | 3181 | 864 | 704 | 678 |
| 合计 | 1277 | 12680 | 3053 | 12272 | 8784 | 486 |

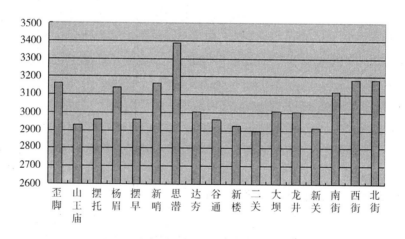

**图4.1　青岩镇各村农民人均纯收入比较**

# 第三节　种植业

　　青岩是一个以农业为主的乡镇，种植业是其主要经济支柱，是国民经济和地方财政的主要来源。青岩种植业分为粮食作物和经济作物，粮食作物主要有水稻、小麦、苞谷、薯类、豆类，经济作物主要有油菜、烤烟。20世纪80年代后，蔬菜成为青岩种植业中重要的组成部分，是贵阳市较大的蔬菜供

**图 4.2　青岩镇的梯田**

应基地，水果的栽培也有很大的发展，成为青岩农业经济的来源之一。

## 一　粮食作物

### （一）水稻

水稻是青岩主要粮食作物。1990 年，全镇推广杂交水稻 7000 亩，达85%。1991 年推广杂交水稻 10080 亩；1992 年推广杂交水稻 12000 亩，常规品种 2000 亩；1993 年推广杂交水稻 11280 亩，1994 年推广杂交水稻 12680亩，1995 年推广杂交水稻 12304 亩，1996 年推广杂交水稻 12620 亩，1997年推广杂交水稻 12020 亩。青岩农民水稻育秧，均在清明前后，以传统方法为主，直到 20 世纪 70 年代至 80 年代，才开始采用新式的科技育秧，有水育秧，中间推广过合式秧田和湿润秧田育秧。1978 年推行过温室无土育秧，90 年代中还进行过旱育秧、场院育秧、工厂育秧、半旱式育秧、薄膜育秧等。1991 年，工厂育秧 500 亩，半旱式育秧 920 亩，薄膜育秧 300 亩，湿润秧田育秧 550 亩。1992 年，薄膜育秧 300 亩，湿润秧田育秧 3000 亩，工厂育秧 500 亩，半旱式育秧 1000 亩。1995 年，湿润秧田育秧 100 亩，两段式育秧 250 亩，湿润秧田育秧 9500 亩，小拱棚育秧 500 亩；对秧苗的栽法，一直沿用传统的方法，行距宽，每窝 10—20 株，一种叫"满天星"的栽法，行距更稀。50 年代至 60 年代推广稀株植、三角竺植、三角密植、双龙出洞等新式栽法。80 年代，推广拉绳开厢插秧。80 年代中后期，在镇政府和农艺部门的支持和帮助下，开始选用和推广良种杂交水稻，推广湿润秧田育秧等综合配套适用技术，连续几年都取得较好效益，经济指标持续上升。1989

年推广湿润秧田育秧技术，面积达 200 多亩，为减少烂秧现象，又在部分农户中推广土法蒸气催芽技术，30% 的农户采用拉绳开厢栽秧技术，密度普遍控制在 4×6.5×5 单片种植。80% 的农户平均产量 500 公斤干谷，其中 50% 的农户产量达 600 公斤干谷以上。20 世纪 90 年代，以上方法交替使用。采用新的水稻品种和杂交水稻，开展新式育秧和插秧，合理的使用土地，使水稻产量逐年增长，农户收到较好的效益。

图 4.3　水稻

（二）麦类

青岩地区种植的麦类作物，主要是小麦，也有少许燕麦、荞麦和大麦。耕作方法是秋种夏熟。所用品种在解放前，以外省培育的为主，至 20 世纪 40 年代曾经试种省农业改进所培育的黔农白玉麦。20 世纪 50 年代用过的有遵义红花麦、矮粒多、特早麦、白玉麦、特早 485、487、早买 690、定农 1 号等。20 世纪 60 年代推广的优良品种有阿夫、本地红麦、弯刀麦、本地光头麦、中农 28 号、本地红花麦等。70 年代由贵阳市统一安排引进种植过一些国外品种，如墨西哥墨地、墨沙、墨伊。70 年代末至 80 年代，引入的品种有白泉 565 号、黔麦 31 号、盘江 2 号、贵州农学院的综抗矮、黔麦 3 号，2 号、黔丰 3 号、贵农 10 号等及市农科所育成的筑麦早等。除以上常规品种外，70 年代种植过市农业科技部门培育的杂交麦种筑早 4 号、贵阳 82119 等。至于其他麦类，由于栽种面积很少，故用的都是传统的常规品种。青岩麦类作物的种植和产量，不算很大，各个年代不同。1991 年，改进种植方法，采取了分带轮作、麦肥轮作等耕作，播种麦类 4200 亩。1992 年，基本上还是采用分带轮作，播种麦类仍是 4200 亩左右。1994 年，由于粮食逐年增产，经济作物种植面积逐年增加，农村温饱已基本解决，开始实现小康目标，种植的麦类作物减少，仅播种 1161 亩。以后直到 90 年代末，麦类的种植都未超过 5000 亩。

（三）玉米

玉米（俗称苞谷）在青岩是仅次于水稻的粮食作物。玉米种子的栽培，从 50 年代起，农户开始使用一些农药拌种，如用小苏打泡种、桐油石灰拌种、赛力散（一种农药）拌种，然后再进行撒播。用经农药浸泡过的种子，可以预防地下虫害，发芽率较高，可助玉米的生长，产量也有保证。一直沿用到 60 年代中期，才增加了阳关黄玉米、小黄玉米、大山玉米、大马牙玉米、白糯玉米等。70 年代实行玉米单作，行距 66 厘米至 69 厘米，单株留苗。1987 年推广旱地分带轮作，套种蔬菜和薯类。80 年代后，在沿用上述品种外，镇农技部门向农户推广种植的还有交三单交、丹玉 13 号、兴玉 1号、盘平 2 号，也使用过贵阳市农技部门培育的自制杂交品种。90 年代，玉米种植转向经济作物，成为抢早市的农产品种。曾推广过贵毕 5 号、中单 3号等新品种，采取肥球育苗、定向栽培技术，玉米产量明显增加。玉米的种植方法，公社化以前，都是分片分窝点播点栽，以干土为主。公社化以后，土地集中，耕种较为方便，播种行距先是 90 厘米至 95 厘米，仍以单窝点播。以后至 90 年代，全镇玉米的种植方法均是轮作，主要与麦类、油菜、薯类套种。青岩地区玉米的栽种，由来已久，是农民的主要粮食之一，播种面积较大。1990 年，青岩开始推广杂交品种，仅杂交玉米就播种 2430 亩。1991 年，播种玉米 3500 亩，就有杂交玉米 3250 亩。1992 年至 1995 年四年中，杂交玉米的播种面积分别是 3300 亩、3400 亩、3450 亩、3550 亩，仅1995 年玉米的产量，就达 161.2 万斤。1997 年，杂交玉米播种面积达到4400 亩，已成为青岩地区主要粮食作物，总产量超过 200 万斤。2003 年，总产量 1735 吨。

（四）其他

除了稻、麦、玉米三种外，青岩的主要粮食作物还有豆类中的黄豆、薯类中的红薯、马铃薯，杂粮中的高粱、豌豆、胡豆。栽种品种，一般是本地常规品种。70 年代至 80 年代后才陆续使用一些由省外引进和本省农技部门培育的品种。大豆中引种的有跃进 5 号、黑龙江丹豆、辽宁铁丰 18 号和贵州农学院培育的 83—2，83—3 等；马铃薯中有威宁河坝马铃薯、外地引进的米拉马铃薯、东北马铃薯；高粱中的杂交组合如晋杂五号、原杂 11 号等；豌豆、胡豆中有四川乐山大肉豌、云南曲靖胡豆等品种。进入 90 年代后，由于农业技术的大力推广和新的栽种方法的使用，主要粮食作物面积逐年增大，高粱等杂粮的种植已不普遍，只剩下豆类、薯类作物还有少量种植。1994 年，全镇栽种豌豆、胡豆 4099 亩，但已不是作为粮食而是作为新鲜蔬菜的一种来种植和经营，采摘鲜嫩豆角、豆实供城市居民和本地居民食用。1995 年，全镇仅有摆托村在春播中栽种豌豆 350 亩，为市场提供了新鲜蔬菜，丰富市民的菜篮子。其余村出现在田坎上套种黄豆等，称"田坎豆"，约百余亩，年均产 3000 斤。

**二　经济作物**

青岩与贵阳市郊各乡镇一样，所经营种植的经济作物以油菜、烤烟（包括土烟）为主，花生、葵花、辣椒为次，另外零星栽种过茶叶、棉花、蓖麻等。因为地处城市近郊，经济作物的栽种，均以为城市服务为目的，而且青岩位于本省中心城市与地县连接的咽喉地区，经济作物的种植与经济的发展有很大的关联。

（一）油菜

农民大面积栽种油菜自 20 世纪 50 年代起。1959 年，青岩公社栽种油菜面积已达数千亩。进入 90 年代后，农村也引进商品经济，城市居民和工矿企业需要的油类商品也逐渐增大，青岩栽种油菜的面积也逐年增多，产量连年上升。1990 年，收获油菜籽就达 30.8 万斤。1991 年，栽种油菜 3800 亩，收获菜籽 68 万斤。1992 年，收获菜籽 50 万斤。1993 年，收获菜籽 40 万斤。1994 年，栽种油菜 5500 亩，其中规范化种植 1840 亩，收获菜籽 40 万斤。1995 年，栽种油菜 5500 亩，其中育苗移栽 4200 亩，获得历史上最好收成，产量达 110 万斤。1996 年和 1997 年，栽种面积分别是 5858 亩、4908 亩，油菜已成为青岩的主要经济作物。

（二）烟草

青岩农户种植烟草，从明清至民国时期都是以土烟为主，农户自己零星种植，多半供自己使用，少许上集市出卖。解放后开始种植烤烟，本地人称之为"黄烟"。80 年代后，青岩镇大力发展烤烟生产，在摆托、谷通等村寨建立烤烟基地。1991 年，花溪区还在摆托召开了全区烤烟现场会，各乡镇代表参观了该村的烤烟苗床、烘房及整地施肥等情况。1993 年，全镇种植烤烟 300 亩，收获 306100 斤。1995 年，栽种烤烟 150 亩。烤烟品种，民国时期曾间接引种过美烟，之后以贵州省农业改进所引种的美国"黄金烟叶"为主。该品种产量高，质量好，农户一直延续种植到 50 年代。60 年代至 80 年代，青岩地区栽种、引进和推广的品种有金星 400 号、云南多叶烟、红花大金元及省内自培黔福 1 号、2 号，还种过美国"基—28"等。烤烟的播种、烘烤都是沿用传统方法和工艺，直到 80 年代后菜油机械烘烤烟叶，但多数仍用暗火。种植方法实行轮作，一般是麦类、油菜、豆类相互轮作。

（三）其他

除上述两种外，青岩的经济作物还有向日葵（俗称葵花子）、棉花、茶叶、花生、辣椒、西瓜等，栽种不是很正常，时有时无，基本上以农户单种单产为主。

### 三　蔬菜水果

（一）蔬菜

青岩蔬菜品种有数十种，常见的有白菜、青菜、菠菜、芹菜、韭菜、萝卜、莴苣（俗称莴笋）、冬瓜、南瓜、丝瓜、苦瓜、黄瓜、豇豆、扁豆、四季豆、青豆（俗称毛豆）、莲花白、茄子、辣椒及姜、葱、蒜等。1990 年，在早熟蔬菜基地种植蔬菜 450 亩，另外又种植其他蔬菜 570 亩，茬口菜 1700 亩，全年蔬菜总产量达 1408.6 万斤。90 年代初，在市、区有关部门的支持下，在思潜村建立了早熟蔬菜基地，规模有 500 亩。1990 年冬，就有 219 户农户种植了冬菜，面积 350 亩，其中白菜 150 亩、大头菜 140 亩、莴笋 75 亩、花菜 30 亩。1991 年，有 248 户农户种植春菜 483 亩，其中西葫芦 240 亩、地棒豆 165 亩、番茄 40 亩、白棒豆 10 亩、黄瓜 2 亩、莲花白及其他 26 亩，还使用了地膜覆盖、小拱棚栽培等新技术。两季蔬菜产量达 113.8 万斤，上市 93.14 万斤，产值 35.65 万元。思潜村早熟蔬菜基地的建设，得到市、区、镇各级政府和有关部门在资金、物资、水电各方面的支持资助，1991 年仅区补贴用于购买农膜、地膜 7000 多公斤的钱款，就有 3.1 万元，还供应种子 2000 斤和大量农药；另外从技术上给予指导，修整水利工程。1992 年，蔬菜总产量 1462 万斤，思潜村、南街村等专业蔬菜基地普遍推广地膜覆盖和小拱棚覆盖技术。1993 年全镇蔬菜总产量 1699 万斤，增长 16.7%；思潜、南街两村被列入全市"菜篮子工程计划"。另外，在杨眉种植了人工培育的折耳根 100 亩，达夯村种植了魔芋 35 亩，发展市场需要的新品种蔬菜。1994 年，蔬菜总产量 1796.6 万斤，增长 18.84%，其中茬口菜种植有 810 亩，其他蔬菜（地瓜、生姜等）4000 亩。1995 年，冬、春两季蔬菜面积共 4568 亩，其中思潜村早熟基地 1100 亩，杨眉村折耳根基地 650 亩，二关村和大坝村胡萝卜、胭脂萝卜各 350 亩，北街村青菜、雪里红 150 亩，摆托春季豌豆（菜豌豆）350 亩，西街村坝子头季节性蔬菜（莴笋、白菜、莲花白等）若干亩，总产量达 2560 万斤，增长 44.7%；另外折耳根 102 万斤，增长 106%。西街村全年向市场提供 60 万斤蔬菜，农户平均收入 6000 元以上。蔬菜总产量 3120 万斤，增长 21.87%。1996 年全国人大常委会副委员长田纪云在参观西街村后，对青岩实施"两高一优"农业形成的"稻—菜—菜"西街模式给予高度评价。

青岩镇以前农户种植蔬菜仅限于散种散卖，难成规模。为了引导农民种植好蔬菜，青岩镇充分发挥自身的资源优势、产业优势和环境优势，引导农民致力于产业结构调整，并在市、区有关部门的指导和支持下，对全镇 17 个村选种引种蔬菜，做好近期和远期的规划。为了解决蔬菜规模种植后的"保鲜"问题，2006 年，市、区蔬菜办投资 200 万元在该镇修建了外销蔬菜冷冻保鲜基地，能冷储 300 吨新鲜蔬菜，激发了村民种植蔬菜的积极性。随即，青岩镇结合当地实际，一改过去"一村一品"难成规模的种植模式，扩大了种植规模，增强了农民"几村一品"连片种植的理念。据统计，今年，青岩镇的蔬菜种植面积翻了一番，全镇年产蔬菜 6 万余吨。在市场的推动下，青岩镇的南街村水盐菜协会、思潜村的次早熟蔬菜协会、新楼村的豇豆协会等组织应运而生，各个协会采取订单的方式，向蔬菜深加工企业提供新鲜蔬菜，更好地为蔬菜外销创造有利条件。同时，该镇农技服务中心还利用远程教育平台，帮助农民对外发布蔬菜供求信息和价格，有效引导农民打通市场销路。良好的蔬菜质量，加上广阔的市场销路，使青岩镇的蔬菜供不应求。青岩镇每天都有数十吨蔬菜上市——近销贵阳罗汉营、新路口等农贸市场，远销广西、河南、江苏等地。据统计，仅蔬菜种植一项，就使青岩镇农民人均增收 800 元以上。

（二）水果

青岩的水果资源，主要是一些常见的梨、杏、李、樱桃、杨梅、柑橘、西瓜等，品种主要为几大类，梨有青皮、黄皮，桃有青桃、白花桃、毛桃、蟠桃、武昌桃等，李有姜黄李、酥李、鸡肉李，柑橘有朱橘、红橘、皱皮橘等。贵州山区多山，生长着很多可以食用的野生水果，青岩的野生水果主要有刺梨、荸荠。青岩刺梨，一般树高 1.5 米，冠径 2 米，果实短，呈纺锤形，基部高凸，果实黄色，刺短，稀、软，单果平均重 13 克左右，最大重16.6 克，肉厚 0.55 厘米。后经贵州农学院鉴定命名为"贵农 2 号"。该品种营养价值较高，汁多，肉质脆，味甜酸，品质上乘。另一种，经鉴定后命名为"贵农 8 号"。该种果实微小，单果平均重 12.5 克，最大 16.3 克，果肉厚 0.5 厘米，汁多，肉质脆，有香味，无涩味，品质上乘。青岩荸荠，一般在水田和水塘中栽种，80 年代开始培育人工品种，产量不是很大，只能满足本地居民需要，还不能达到大量供应市场。

青岩水果在 90 年代后期种植和产量没有多大变化，基本上保持在原有的水平上。从 2002 年起，各村制定中长期发展规划，推进农村经济结构调整，提高农业经济效益，增加农民收入。先后建立了谷通以黄花梨为主的千亩经果林基地，歪脚村以艳红桃、杨梅为主的千亩生态农业示范基地；杨眉村以金花梨为主的千亩鲜果园林基地。2003 年，全镇水果产量232 吨。

# 第四节　养殖业

（一）一般养殖业

青岩最早的养殖，牲畜以猪、牛、马、羊为主，家禽以鸡、鸭、鹅为主，也喂养少许的品种单一的鱼类。到 80 年代末 90 年代初，养殖业有了新的发展，一些过去从未喂养过的品种也开始在青岩出现，如引进的美国牛蛙，繁殖力高、市场价值大的黑山羊等，自此，青岩养殖业进入一个新的发展时期。1990 年，生猪存栏 13500 头，大牲畜存栏 4967 头。1991 年，生猪存栏 14050 头，大牲畜存栏 4991 头。1992 年，生猪存栏 14502 头，大牲畜存栏 5056 头。1993 年，生猪存栏 15013 头，大牲畜存栏 5206 头；增开鱼塘30 亩；家禽喂养达 28577 只（鸡 19751 只、鸭 8560 只、鹅 266 只）。另外还养蜂 200 余群，羊 70 只、兔 68 只。1994 年，大牲畜存栏 5189 头，生猪存栏 15514 头。1995 年生猪存栏 19780 头，增长 20.52%，大牲畜存栏 6528 头。西街坝子头第六村民组有 38 家农户，户均养猪 15 头，收入 2000 余元。1998 年，仅上半年，生猪存栏就达 20645 头，已完成全年计划；大牲畜中，仅牛的存栏数就达 6218 头，全年计划只剩下 15.17%；家禽存栏 43802 只。2003 年，生猪年末存栏 19621 头，大牲畜存栏 7357 头，禽肉产量 49 吨。

（二）特种养殖业

由歪脚村农户陈汉文在 20 世纪 90 年代初期带头进行的牛蛙养殖，是青岩镇特种养殖的典型示范项目之一。在镇政府和农技部门的扶持指导下，特种养殖在歪脚村已有较大规模的发展，至 2003 年，共有 37 户、79 人常年从事牛蛙养殖，专用地 55 亩。牛蛙的商品价值高，利润大，1 斤商品蛙卖到 20 元；种蛙则卖到 250 元一对，小蛙也要 2 至 5 元一只，蝌蚪 0.5 元至 0.8 元一对。2003 年，亩均产值达 1 万元至 1.5 万元，歪脚村牛蛙总产值达 18.45 万元。自开展牛蛙养殖以来，歪脚村农户获得了较大收益，陈汉文一家仅 1999 年蛙类及蛙苗折款 2.15 万元，累计年收入 2.8 万元，人均收入达到 6000 元。

1995 年，利用紧靠城市、市场需求量大的有利条件，发挥自身优势，大力开展农副产品的生产。青岩镇以"人无我有、人有我多、人多我精"的原则，大抓开发性养殖业。新购进和繁殖黑山羊新种 1075 只，分散在二关、龙井、新关、新楼、思潜、北街、杨眉七个村饲养。养殖牛蛙已有相当规模，有优良种蛙 16 只，产小蛙 3 万余只，中蛙 1500 只，育出蝌蚪 2 万余尾；售出商品蛙 800 斤，产值 2 万余元。引进商品价值较高的七彩山鸡 82 对，白凤乌骨鸡 100 余只，在摆托、思潜村和东街居委会落户喂养。新型养殖业初具规模，镇成立了养殖协会，并举办养殖业科技培训班 18 期，全镇参加协会人数达 794 人。牛蛙及兔等特殊养殖业也有新的扩展。2003 年，作为农业的两大支柱的养殖业，已成为青岩集体和农户个人的主要经济来源。

# 第五节　林　业

林业是青岩农业经济的辅助产业，分天然山林和人工培育林。贵阳市的人工造林始于清代，但主要在城镇，民国时期才扩展到贵筑县各乡镇。70 年代后，各乡镇开始重视人工造林工作，但只是在宜林荒山开展以生产木材为目的的开发性贷款造林，即搞基地造林，建集体林场。80 年代，这项工作也得到市里有关部门的大力支持。基地造林，一般由银行贷款，各乡镇负责种植，期限 10 至 15 年，并由市林业局与各乡镇林场或林业专业户签订合同。80 年代中后期，基地造林在全市乡镇都很普遍。青岩镇所办林场由林场职工共承包荒山面积 1 万亩，实际完成 13214 亩，贷款 390280 元，造林密度平均每亩 200 株至 300 株，有的达到 300 株以上。由集体经营的林业生产另外一种形式是社队自办林场，经营管理本社队自有山林，面积和参加人数不等，时间在 60 年代末直到 80 年代中期。当时青岩乡共有杨眉、青岩、摆早、新哨、思潜、达夯 6 个村（队）林场，经营面积共 2582 亩，有林面积 1850 亩，从业人员 20 人。摆早林场从 1974 年 12 月起，建造马驼子杉木林场一个，范围达 10 座山头 1100 亩，其中林地 900 多亩，树种以杉木为主；另外附近有集体松林一片 50 多亩，树种以松树为主。到 1987 年，林场已成规模，一般树高达 5 米，平均树的胸径 12 厘米，最大树高达 9 米，胸径 25 厘米。全场共有各种树木 27 万株，蓄材 3600 多立方米，价值 84 万元（当年价）。

80 年代青岩的林业发展较快，产值也逐年增加。1980 年为 12624 元，1982 年为 39500 元，1983 年为 44500 元。1988 年，全镇共造林 3947 亩，其中经济林 1284 亩，用材林 2663 亩，超额 3% 完成区下达任务。1990 年，造林 3090 亩，四旁植树 2.25 万株，封山育林 1000 亩，育苗 50 亩。1991 年仅上半年就造林 1905 亩，育苗 20 亩。1993 年，造林 320 亩，四旁植树 2.1 万株，义务植树 2 万株，封山育林 1000 亩，育苗 10 亩。新哨村当年利用坡改梯工程 400 余亩营造经济林（种植杨梅）苗 2 万余株。北街村利用望城坡改梯工程 500 余亩种植经济林木 2600 株。1994 年，开展万户银杏工程，全镇种植 28000 株，共有 4000 多农户参与种植。同年还完成造林 1180 亩，四旁植树 3.1 万株，义务植树 3.5 万株，封山育林 1050 亩。至 2003 年，天然森林资源管理与保护有序，完成退耕还果 598.4 亩的补植补造工作，补植苗木 17950 株。

青岩原有森林和植树造林的树种，以松、柏、梓、刺槐等为主，后来种植的经济林除上述树种外，主要是各种水果和干果。青岩地区最有名的珍贵树种，便是名列世界稀有植物中的"青岩油杉"。银杏也是青岩地区有名树种，在青岩新楼村一株生长已逾千年以上的银杏树，堪称银杏王，其树高 25 米，要 12 个人才能合围过来，至今仍然枝叶繁茂。"青岩油杉"，当地人称之为"罗松"，传说为歪脚村南山冈飞云山云龙阁上古寺中和尚所植。经当地老百姓数十年的精心保护，得以生存下来，现已成一片树林。1960 年，曾经遭到破坏，但损失不大得以幸存。油杉分布在云龙阁山头、沟边山、陶家山、高家山几处，1982 年统计有 22 亩 727 株，较大的有 284 株，最大的高达 25 米，胸径 17 厘米。1962 年经中国林业科学院专家命名为"青岩油杉"，属油杉内一新品种。该品种木材纹理直，材质带红褐色，结构细致，硬度适中，易于加工，干后不裂，含少量油脂，耐浸渍，耐用，可作建筑、造船、枕木、农具、家具等。种子含油脂丰富，可制肥皂及润滑油。"青岩油杉"为常绿乔木，树干通直，树皮黄褐斑驳，叶呈羽毛纷披状，四季常青，顶呈伞盖形，冬芽形似橄榄，色黄褐，大的有如鹅卵。"青岩油杉"唯青岩独有，可作特殊树种进行栽培和推广。

# 第六节 水 利

## 一 水库

青岩农业用水，长期以来一直是利用天然雨水和自然的河、沟、井、泉及地下水进行浇灌，且多以人工挑运。明清以来，开始使用桔槔、龙骨水车、水斗等简单的提水、车水工具，直到民国时期。20 世纪 50 年代后期，才开始有了少许的灌溉水利工程，贵阳市水利部门在市郊陆续修建了一些小型排灌沟渠和能蓄水 10 万立方米到 100 万立方米的水库，青岩杨眉水库就属此类。80 年代，贵阳市松柏山水库等上中型水库的建成，使青岩地区农田用水得到更充分的保证，农灌耕地面积占田、土面积的 82%，彻底改变了青岩传统的农田用水面貌，促进了农业生产的大发展，粮食产量不断增长，80 年代末，在市、区的统一规划和支持下，青岩杨眉水库在建成数十年后，得到大规模的整修，库容增大到百万立方米以上，成为青岩境内最大的水库。

（一）杨眉水库

杨眉水库位于青岩杨眉寨溪流上，1958 年始建，为一座简易土坝和有溢洪放水道的小一型水库。坝址以上集雨面积 5.51 平方公里，基流 0.02 秒立方米，水源较为充沛。1981 年在市水电局的资助下完成了水库工程续建配套的设计，包括加固大坝、溢洪道重建、副坝加高及增修鱼塘、电力提水站等工程，另外还要整修渠道和附设建筑物。1984 年，镇政府开始组织施工；1986 年，大坝加固完成；1988 年到 1990 年完成渠道系列工程。整修后的大坝主坝高水位 1074.73 米，洪水位 1073.26 米，正常水位 1072.44 米，死水位 1061.24 米，校核洪水位 1073.59 米；总库容 152.8 万立方米，其中可利用库容 128 万立方米，死库容 1.5 万立方米，防洪库容 23.3 万立方米；涵管输水（渠道）高程 1061 米，副坝放水涵管底板高程 1068.5 米，溢洪道水深 0.82 米，流量 38.5 秒立方米。有干渠一条，长 7.32 公里，支渠 4 条共长 6.94 公里，渠首设计流量 0.24 秒立方米；设计灌溉面积 3000 亩。主要渠系建筑有石家山、营盘坡、兰花关 3 座隧道，毛谷冲、松山 2 条倒洪管。扩修和整建全部工程量总计土方 50700 立方米，石方 6900 立方米，混凝土和钢筋混凝土 680 立方米。水库实际灌溉面积 2759.5 亩，其中自流面积 2685.5 亩。杨眉水库扩建后仍由青岩镇设水利管理所管理，有职工 26 人。

（二）其他水库

青岩境内还有小二型水库（10 万—100 万立方米）3 座。一是翁拢水库，集雨面积 28 平方公里，1968 年始建，1969 年完工，总库容 21 万立方米，其中可利用库容 12 万立方米，主坝为土坝，高 162 米；干支渠一条，长 15 公里；有效灌溉面积 320 亩，确保面积 220 亩。二是谷通水库，集雨面积 22 平方公里，1958 年始建，1959 年完工，总库容 10 万立方米，其中可利用库容 91 立方米；主坝为土坝，高 4 米；干支渠二条，总长 48.8 公里；有效灌溉面积 2000 亩，确保面积 600 亩，后来与松柏山水库连接。三是挖煤冲水库，集雨面积 12 平方公里，1979 年始建，1980 年完工，总库容 10 万立方米，其中可利用库容 92 立方米；主坝为土坝，高 7 米。该水库与松柏山水库连接使用。

青岩农业的田土引水，到了 20 世纪 90 年代后，境内引水工程经过数十年的修建和增加、增大，抗旱能力大增，基本上消除了旱灾，农业生产有了可靠保证。这些引水工程，除了水库的各种干支渠道以外，专门的引水工程有两条，位于思潜村和龙井村，属于小二型工程，灌溉面积在 500 亩至 5000 亩之间。较具代表性的是思潜村的一条，水源为河水，有干支渠两条，总长 57 公里，有效灌溉面积和确保面积均为 550 亩。龙井村的一条，水源也是河水，该工程引水坝为滚水坝，高 4 米，流量为 0.14 秒立方米，有干支渠一条，长 17 公里，灌溉有效面积为 5148 亩，1953 年建成。

二　其他工程

青岩历届政府都坚持"水利是农业的命脉"的原则，重视水利建设，在国家计划投资外，还自主治理修建了一些水利工程。1991 年，全镇共完成水利工程 38 处，其中更新机械水泵站 5 处合 115 千瓦，维修提灌站 9 处合 3425 千瓦，拦河坝 1 处，引水工程 1 处（南街蔬菜基地），塘口倒洪管 1 处，渠道清淤补漏 14 处 21 条长 43 公里；人畜饮水工程 7 处，改良水井 8 口，安装输水管道 2 条长 1150 米，解决 3200 人 700 余头大牲畜饮水。1992 年完成水利工程 23 处，其中机械水泵站更新 4 处合 172.5 千瓦，维修提灌站 5 处合 150 千瓦，渠道清淤 23 处总长 41.8 公里；改良水井 3 处 5 口井，解决 590 人 98 头大牲畜饮水。1993 年完成水利工程 10 处，其中机械水泵站更新 2 处合 131 千瓦，维修提灌站 4 处合 113 千瓦，渠道清淤 62 公里；改良水井 3 处，扩建青岩水厂，解决万余人和数千头大牲畜饮水。1994 年完成北街小水沟定点工程 5.1 公里，机械水泵站更新 2 处合 95 千瓦，电力提灌站维修 5 处合 93 千瓦，塘汛 7 处，渠道清淤 77 公里，防渗 6 处 10.5 公里，工程投入资金 30 万元。

　　90 年代中，为发展青岩的各种农业商品基地，政府在其中的蔬菜基地修建了专门的水利设施。思潜罗屯引水渠道工程，距镇政府 8 公里处，属自流小二型引水灌溉工程，渠首位于蒙贡大桥滚水坝左侧，长 4.58 公里，主干渠 2.8 公里，支渠 1.78 公里。流经高寨、思潜小学、罗屯寨脚、下坝等地。该工程 1991 年 3 月 25 日动工，7 月 5 日竣工。设计灌溉面积 880 亩，其中新增灌溉面积 780 亩，解决 116 户 530 人的饮水问题。思潜菜地排灌溉工程，位于思潜村，1991 年 3 月 25 日动工，6 月 1 日竣工，完成土方 94 立方米，水泥空心砖砌石渠道 89 立方米，溢洪道 1 处，放水斗门 57 个，水泥空心砖防渗渠道 2.88 公里。设计灌溉面积 1250 亩，新增灌溉面积 700 亩，旱菜地用水 1000 亩。

# 第五章

# 工业、商业与交通

## 第一节　工业概况与乡镇企业发展

20世纪80年代，青岩建立镇一级政府，地方财政始由政府来管理。90年代后，经济发展速度不断加快，社会总产值不断增加，其中工业产值占社会总产值的比重不断上升，青岩镇成为贵阳市郊较早步入小康的乡镇之一。

### 一　工业总产值

80年代初，随着改革开放的深入，青岩镇的工农业总产值逐年上升。1980年332万元，1982年347万元，1983年654万元，1984年达到786万元，比1980年增长1.38倍。80年代中期，青岩的乡镇企业蓬勃发展，其产值在全镇社会总产值中占了很大比重。90年代，工农业总产值随着全镇经济的快速发展，每年均以数百万元的速度增长。1990年，总产值3289.79万元，比上年增长16.7%，其中工业产值1343.51万元，增长17.03%。1991年，总产值4404万元，增长34.5%，其中工业产值2355万元，增长75%。1993年，总产值5877万元，增长29.8%，其中工业产值3340万元，增长43.8%。1994年，总产值9052万元，增长68.85%，其中工业产值4603万元，增长40.02%。1995年，总产值13000万元，增长54.44%，其中工业产值7426万元，增长56.27%。1996年，总产值18055万元，增长31.06%，其中工业产值11262万元，增长49.09%。1997年，总产值21125万元，增长16.98%，其中工业产值13722万元，增长15.51%。1998年，总产值20426万元，其中工业产值17160万元，增长25%。2003年，全镇总产值13758万元，增长15%，其中工业3620万元，第三产业4446万元，比2002年分别增长17.05%和16.51%。

## 二　乡镇企业

作为农村经济的支柱产业之一，乡镇企业（人民公社解体之前称为社队企业）在青岩举足轻重，是青岩地方经济发展中必不可少的重要组成部分。青岩属于市郊较大的乡镇，地理条件优越，乡镇企业的发展经历了较长时期的农村个体工商业阶段。随着农村经济体制的改变，形成了属于集体经济的社队企业。20世纪80年代，乡镇企业成为本地发展经济的重要支柱。

20世纪70年代末，国家农村政策逐渐开放，土地制度也有了很大的变革，全镇的社队企业随着公社、生产队改建乡、村而逐步改称乡镇企业。1979年，全镇有工业企业8个，职工393人，全年产值39.65万元，解决了部分闲散劳动力的安置。由于先进的农业技术不断推广，生产力不断提高，农村开始出现剩余劳动力，为乡镇企业用工提供了条件。1980年初，全市经过整顿，社队企业有所发展，行业集中在交通运输、建筑、矿山等几个方面。其中，办煤窑的社队较多，青岩在所辖巴茅冲办有煤窑一个，属公社直接管理，从业人员35人，年产量3450吨。建有年产5000吨的小水泥厂一个，另有生产建筑材料的小砖瓦窑、小砂石厂数处。1984年，镇办企业产值达78.54万元，比上年增加26万元，增长4.96%，净收入54.4万元。

1985年，社队企业正式改称乡镇企业，开始有组织、有计划地创办镇办、村办、联办、联户办、户办五种形式的工矿企业。1985年到1988年，青岩先后建成年产值80万元的橡胶制品厂一个、年产值30万元的水泥预制构件厂一个、年产值100万元的磷酸厂一个。同期，将原有的青岩织布厂异地改建于西街村坝子头，总投资140万元；将原有的农机修配厂扩建为机械厂，还增建建材厂、修建社、强力材料厂、模具厂等企业。到90年代后期，超过百万元的企业有青岩水泥厂、青岩机械厂。青岩的交通运输业发展也很快。1985年有运输专业户106户，运输工具103部（汽车1部、拖拉机14部、马车88辆），全年收入20万元，户均1880元。同年，还有砖瓦窑30个，打挖砂厂4个，采石场3个，从业人员85人。

80年代末到90年代初，是青岩乡镇企业发展较快的几年。其间，与几个单位联合集资建成年产4000吨的黄磷厂一个，年产值超过1000万元。1990年，又先后筹建成年产300吨人造木炭厂、年产80万米玻璃纤维布厂各一个。全镇共有骨干企业 13 个，村办企业 1 个，个体联户 680 户，从业人员 2300 人，其中镇属 800 人。全年创总产值 2364 万元，总收入 2112 万元，税金 80 万元，利润 130 万元。1991 年，全镇企业共有 858 个（包括个体），从业人员 2474 人，其中镇办 11 个，全年利润 126 万元，税金 70 万元。1992 年，全镇乡镇企业 655 个（包括个体），从业人员 2201 人，税金 68 万元，利润 123 万元。

1993 年，是青岩乡镇企业全面发展的一年。共有乡镇企业 676 个，其中镇办 8 个，从业人员 580 人；个体企业、专业户 668 个，从业人员 1568 人，总收入 2908 万元（镇办 1763 万元、个体 1145 万元）。乡镇企业中有工业企业 78 个，从业人员 825 人，收入 1748 万元；建筑企业 45 个，从业人员 330 人，收入 465 万元；交通运输户 128 户，从业人员 128 人，收入 260 万元；从事批发零售、餐饮的专业户 375 个，从业人员 390 人，收入 305 万元。总产值中，工业企业 2110 万元，建筑企业 497 万元，交通运输业 260 万元。当年，青岩镇成为贵阳市的千万元乡镇，镇属黄磷厂、水泥厂成为贵阳市百万元以上企业。由于企业结构趋多元化发展，青岩的工业企业分：采掘、原料、加工、非农业原料、建材与采石、皮毛、家具、橡胶、水泥、水泥预制构件、砖瓦、机械。

90 年代中期，贵阳市根据郊区各乡镇的特点和资源优势，制定了发展区域经济的计划。各乡镇也按自己的特点开发市场，青岩乡镇企业也在新的形势下加快了发展步伐。1994 年，乡镇企业共 852 个，其中镇办乡镇企业有水泥厂、建材厂、橡胶厂、机械厂、水厂、砂石厂、贵阳强力材料厂、花溪磷酸厂、青岩玻璃纤维厂、木炭厂和建筑队、服务社。从业人员 2148 人，营业收入 4387 万元，总产值 4603 万元，利润 234 万元。1995 年，乡镇企业总计 723 个，从业人员 1290 个。按行业结构划分：轻工业 120 个、重工业 35 个、非金属矿 6 个、其他矿业 21 个、食品加工 73 个、食品制造 1 个、饮料 1 个、家具生产 44 个、化工 3 个、水泥 4 个、砖瓦 2 个、其他 5 个。全镇形成以磷化工、建材、保健三大支柱产业为龙头的乡镇企业格局，黄磷厂、水泥厂成为花溪区十强企业，进入全省"双百"企业。同年还盘活了青溪橡胶制品厂，新建明珠矿泉水厂、保健食品厂，引资建成新疆建设兵团化工厂。

1997 年后，乡镇企业的发展速度较往年更快。由于支柱产业少，产业结构单一，当年黄磷厂的停产曾一度影响了全镇的经济收入。在采取调整产业结构以及其他措施后，青岩旅游品厂生产的门吉牌"神行三效"保健鞋已成批量生产，贵阳玛钢厂按"退二进三"政策又落脚青岩，故全年乡镇企业仍趋上升，达到 13722 万元，突破亿元大关，营业总收入也达 14574 万元，比 1996 年增长 21.84%。青岩镇实现亿元镇目标，被贵阳市政府授予亿元镇奖牌。

自 1997 年青岩镇实现产值、收入"双过亿"目标后，乡镇企业成为青岩镇与旅游业并驾齐驱的两大经济支柱。21 世纪初，乡镇企业发展加快，经济增长速度已超过 20 世纪末。2003 年，全镇乡镇企业营业收入已达 4306.3 万元，实缴税金 540 万元，从业人数已有 5340 人。

### 三　主要企业简介

#### （一）青岩镇企业公司

青岩地区乡镇企业在 20 世纪 80 年代中期转轨之后，经营权相对独立。出于全镇经济发展的需要，组建成立了青岩农工商联合公司，统一管理全镇的乡镇企业。公司行为基本独立，并根据经济发展制定自身的前进方向，仍归镇政府领导，由政府有关领导兼任经理或副经理。随着农村经济的发展，为适应全镇社会经济建设的要求，使乡镇企业发挥积极作用，青岩镇党委和政府于 90 年代初全面放权，让公司自主处理一切事务（公司负责人由镇里委任）。1992 年，青岩农工商联合公司改名为青岩镇企业公司，代政府行使对企业的管理权，负责全镇乡镇企业的发展和经营业务。

80 年代中后期，公司管理的独立核算企业有家具厂、建材厂、皮鞋加工厂、建筑队、建材门市部，从业人员 81 人，固定资产 154 万元。另代管两个独立核算个人承包企业，一是青岩机械厂，人员 12 人；一是青岩汽修厂，人员 12 人。1988 年下半年，青岩企业公司相继建立花炮厂、青岩工艺品编织厂、贵阳花溪磷酸厂。进入 90 年代后，青岩的乡镇企业有了新的发展，企业公司采取联营合资的办法，积极创建新的企业。1993 年，所有的企业产量、税收、利润都同步增长。自筹资金筹建青岩冶金铸管厂，投资 50 万元，设计年产值 403 万元，利润 60 万元，税利 20 万元。1994 年，又在杨眉村筹建花溪保健营养食品厂、在龙井村建泥磷回收黄磷加土、在北街村鸡爬坎引资建新疆农垦科学院综合化工厂贵州分厂。

企业公司一手抓各企业的内部整顿，以增强企业的竞争能力；一手抓发展，调整产业结构，争取新上项目，调整经营方式，推行承包责任制，明确责、权、利。1993 年，青岩水泥厂在产品不积压的情况下，增加了矿渣水泥和石灰的生产，创利创收，成为无债务企业。企业公司在抓生产的同时，还指导下属企业出口创汇产品的生产，橡胶厂研制的日本五十铃汽车用刹车皮膜设备等产品远销日本、摩洛哥等国家。老企业机械厂新上8立方米、年产3000吨的生铁生产线，可增产值500万元。同年，企业公司还恢复了木炭厂的生产，并开发了传统的地方产品双花醋进行生产；大力扶持村寨、村民组发展乡镇企业，在龙井村引进年产300吨生产线一条，完成全部土建工程。公司全年总收入2781万元，税金1222万元，利润223.41万元。1994年，公司继续推行和完善承包责任制，抓内部管理和产品质量，引进资金、项目和技术加速发展，加大对村级兴办企业的扶持力度。全年总收入达4382万元，增长57.57%；利润428万元，增长91.93%；税金300万元，增长145.9%。主要乡镇企业产品产量也持续上升，其中黄磷4200吨、磷酸600吨、水泥10500吨、橡胶制品16万件。到90年代中期，公司建成的企业有：年产3000吨生铁的青岩冶炼厂、年产1500吨磷粉的新疆农垦科学院综合化工厂贵州分厂、年产1万吨原煤的青岩复兴煤厂以及杨眉营养食品厂、青岩保健食品厂、龙井氟硅酸钠厂、龙井泥磷回收化工厂。青岩企业公司在90年代为青岩镇实现亿元镇目标做出了贡献。

（二）青岩黄磷厂

青岩黄磷厂位于龙井村跑马场，占地约74亩，1988年由贵州省黔能公司、贵州变压器厂、贵阳供电局、贵阳电厂、贵州省生资公司、小河镇企业公司、青岩镇企业公司七家股东共同投资组建，为集体股份制企业，实行董事会领导下的厂长负责制。设计规模年产黄磷4000吨，1991年建成投产。全厂有职工309人，非生产人员78人，专业技术人员54人（高级1人、中级18人、初级5人）。厂内自备水源，建有环保系统。黄磷生产设备齐全，设计工艺先进，建成后第一年就生产黄磷1013.2吨，产品除国内销售外还出口印度、英国、韩国、日本、澳大利亚等国家，并且立即成为本镇创利创汇最大企业。1993年成为全市产值上百万元大型企业。1992年至1995年，省内外市场的需求大，企业经营情况良好，产量、收入均持续上升，四年的黄磷产量分别是2250.4吨、2502.4吨、4050吨、4335.8吨，后两年已超过原设计生产规模。1993年还生产硫酸352.2吨、出口黄磷1267吨，全年销售收入1393.3万元，总产值1510万元，利税304万元，实缴国税31.3万元，固定资产原值1518.83万元，流动资金1386.26万元，年末职工250人。1994年，生产磷酸539.8吨，磷副产品净收入176.7万元，超年计划

48.9%。全年收入 3134.9 万元，实现利润 365.2 万元，完成税金 482.38 万元。1995 年，生产硫酸 590 吨，出口黄磷 2005 吨。营业收入 3808 万元，总产值 3654 万元，增加值 77 万元，利润总额 100 万元，利税 296 万元，成本总额 2890 万元，流动资产年平均余额 1475 万元，固定资产净值余额年平均 1090 万元，年平均应收账款余额 621 万元，年平均职工 309 人。

1996 年，企业的经营发生很大变化，产量和收入急速下降，主要原因是受国际市场和国内同行业竞争的影响，加上内部设备大修停产两个月，4 月份又停电 20 天，严重欠产。下半年，经过采取积极措施，调动职工积极性，加强劳动纪律，提高劳动生产率，并合理利用工时，完成了全年生产任务，生产黄磷 4000 吨、磷酸 705.14 吨，总产值 3600 万元，销售 3194 吨，收入 2805.6 万元，利税 171.2 万元，利润 9.4 万元。由于市场变化太快，价格下滑，销售疲软，从 10 月份起，企业亏损加大，11 月亏损已达 37.5 万元（成本上涨、电价上涨、价格下调），加上外欠款项难以收回，资金周转不灵，企业已到困难境地。另外，渣场转点、职工退休等问题的困扰，企业已难以维持，年底亏损已达 160 万元。1997 年，董事会与厂签订经济管理目标内部承包协议，内容有黄磷、磷酸的生产，磷副产品富磷矿、磷铁产量；产品成本指标，保证投资权益最低的措施、计划目标和双方的权利、责任，考核奖励等。1—5 月份，生产黄磷 1535.8 吨，完成总产值（1990 年不变价）1305.4 万元，销售收入 1168 万元。但由于 1996 年以来市场变化急剧，国内新建厂家不断增加，供大于求，市场疲软，产品滞销，价格下跌，原材料、电价上涨，致使企业生产步履维艰，困难重重，上半年勉强熬过。下半年，各种情况仍不见好转。经董事会临时会议决议和政府的批准，5 月 28 日，企业与贵阳富捷化工有限公司达成土地调拨权转让和资产转让协议，以 2200 万元价格，将所有固定资产转让给该公司，该公司买断青岩黄磷厂产权，内容包括厂区占地使用权、两台电磷炉生产线及 85 酸车间生产线，附属设施机电设备、锅炉、两台生产用汽车、推土机、五金库及物资，厂办公大楼及其附属建筑。黄磷厂经过集团、个人承包等形式，受限电影响较大，2003 年年底，完成产值 2310 万元，生产黄磷 2511.8 吨，生产磷酸 432.9 吨。

（三）青岩水泥厂

青岩水泥厂 1979 年筹办，投资 47 万元，设计生产能力年产量 5000 吨。1980 年试产并投入批量生产，当年生产 325 号水泥 2000 余吨。1983 年产量 3500 吨，总产值 26.91 万元。1984 年产量 3900 吨，总产值 33.77 万元。

1985 年产量 4600 多吨，总产值 39.2 万元。1985 年，产量已达到设计生产的5000 余吨，产品质量有所上升，标号为 425 号、525 号。1980 年固定资产107.18 万元，职工 86 人，其中女职工占 70%。1983 年，有四台圆盘喂料机、四台螺运机、二台提升机、一台成球机、二台鼓风机、四台 0.95 密直径球磨机，还有生料圆库两个，120 平方米烘房一座。到 1985 年年底，固定资产 169.141 万元，职工 115 人，行政人员 7 人。

1986 年又投资 55 万元扩建一条新的生产线，其中贷款 40 万元。老厂的一条生产线设备到 1986 年已基本损坏，新的生产线增设 1.5、1.2 米直径球磨机各一台，另有竖窑二座、500 吨熟料库两个、铁皮生料小圆库两个。老线生料、烧成两段工艺生产能力小，仅能达到 7000—8000 吨，新线熟料球磨机工艺生产能力则可达到 2 万吨。在建成八年多时间里，年生产量除 1985年以外，均未达到最早设计的 5000 吨。1987 年，生产水泥 4280 吨，产值41.45 万元。1988 年上半年生产水泥 1788 吨，产值 21.4 万元。1991 年实行承包责任制，之前企业已连续几年出现了经营性亏损。承包后，企业生产、效益取得明显结果。1993 年，营业收入达 138 万元，总产值 170 万元，利润19.5 万元，实交国税金额 27 万元。企业有固定资金 123 万元，流动资金23.6 万元，年末职工人数 152 人，主要产品是 425 号水泥，同时还开发了石灰、人造硅肥等新产品。

90 年代中，扩建改造的年产 2 万吨水泥的生产线全部完工，1998 年第一季度投入生产，年产量已超万吨。90 年代末，企业继续保持了年产万吨以上的生产能力，固定资产近 200 万元，无外债，成为青岩镇乡镇企业经济发展的主要支柱。从 2001 年起，青岩水泥厂进行改制，由集体企业变为私营企业。2003 年，生产水泥 1.4 万吨，总产值 239.3 万元。

（四）青岩橡胶制品厂

1984 年年底，镇政府与镇企业公司决定筹建橡胶制品厂，并在 1985 年5 月将政府修建宿舍的 4 万元资金作为建厂的 30% 自筹资金借出，另外贷款3 万元，总共投资 15 万元建设该厂。6 月，获区政府批准，由企业公司与来自本省铜仁地区的个人投资者申梅生签订个人承包协议，承包期自 1985 年 4月起到 1988 年 10 月 31 日止。该厂建成后投产 4 个月，因技术不过关，管理不善，产品质次价低，销售困难，而且大量积压，只生产出部分胶鞋底便被迫停产。经政府和企业公司支持，又投入资金 4 万元转产旅游鞋，但仍然难以维持，1987 年已负债 35 万余元。镇政府为了扭转工厂困难局面，采取多种措施，多方寻求联营伙伴。1988 年 3 月，经与贵阳橡胶制品厂工程师王庆田等人的多次洽谈，初步达成承包经营协议，主要产品仍是布面胶底旅游鞋。经过几年的努力，工厂终于走出困境，并引进专业人才，除生产老的产品外，还开发出数十个新产品，其中研制出的高质量日本五十铃汽车刹车皮膜和设备用高压骨架油封两个主要产品，远销日本、摩洛哥等国，成为青岩乡镇企业中继黄磷厂之后的第二个生产出口产品的企业，在全年近 50 万元产值中就有 30 万元为出口产品所创。1994 年，工厂生产的橡胶制品达 16 万件，已基本还清银行贷款，并略有盈利。90 年代末，由于资金等原因，由承包经营转为私营并改产。

## 第二节  商业与金融

### 一  商业

20 世纪 70 年代末，国家政策发生了很大变化，对商业政策、结构进行了重大调整，体制得以改变，允许私人经营商业，集体也可以进行商业贸易，青岩的商业贸易开始复苏。80 年代后，青岩镇内和所辖村寨个体商业户逐年增加，行业和从业人员逐渐扩大。到 90 年代中后期，基本上取代了原国营商业，农村集市也越来越兴旺，农产品与工业品的相互交易带动了其他行业，彻底改变了农业经济结构，全镇经济发展不断加快。

青岩因地处贵阳南面，是周围各县和地区来往省城的交通咽喉要地，各种商品、农产品集市贸易在解放前就较具规模，民间贸易量很大，人称"小香港"。20 世纪 60—70 年代，青岩作为贵阳市南郊的一个重要乡镇，成为集中周围多个乡镇的农副产品集散市场，也是省内罗甸、惠水、长顺、广顺、平坝、清镇、龙里等县进入贵阳的一个必经关口，民间商贸日益活跃。到 70 年代末至 80 年代初，在各级工商部门的支持、关心下，青岩集贸市场已成为市郊的文明市场，区、镇两级政府和工商管理部门对青岩农贸市场加强管理和建设，农村的商业贸易进入一个新的阶段。

80 年代中期到 90 年代初，工商部门根据青岩的规划要求，拨款 14.2 万元建设了一个正规的市场，使之由原来的 5000 平方米增到 11800 平方米，设置 123 个有棚的摊位，其中肉食类 37 个，豆制品类 38 个，百货类 48 个。后又集资 75850 元，修建了花园式市场和专门的生猪市场。由于市场扩大，入场人流大大增加，最高时达三四万人，各种货物交易异常活跃，不仅有来

图 5.2　青岩镇的茶酒屋

图 5.1　古镇集市上卖有各种自酿小酒

自本区各乡镇的农户、个体工商户、集体经营户和国营商店等经营户参加，而且贵阳、龙里、安顺、广顺、罗甸、惠水、清镇、平坝等地的客商也经常光顾，市场商品丰富，每场可达数十种到百余种商品，成交额、成交量年年递增。

20 世纪 80 年代末到 90 年代，青岩市场随着国家经济政策和工商管理的合理化及公正、透明，越办越好，增长势头已超过历史任何一个时期。1990 年，全镇的商品购进额为 165.13 万元，占年计划的 137.6%；销售总额 645.32 万元，占全年计划的 130.8%。1992 年，全镇商品上市成交量达 3799.626 吨，成交额达 246.336 万元，比 1979 年分别增长 6 倍和 11 倍。1993 年，全镇从事商业贸易的共有 430 户，其中饮食业 85 户；全年商品销售总额达 473.2 万元。2000 年后，青岩商品交易市场全年商品购进和商品销售总量、总额接近千万元，成为贵阳市郊农村商品交易的一个重要场所。

### 二　金融

青岩的金融机构以农村金融信贷为主，也办理个人或集体的储蓄业务。青岩是贵阳市近郊重要的农业地区，自 20 世纪 50 年代初，中国人民银行就在青岩开办了营业所，从事农业贷款业务，农民可通过借贷购买耕牛等，以生产的粮食来还贷。农业贷款的发放，有效地支援了农业生产，也解决了农户的一些基本生活困难。从 50 年代后期公社化至 70 年代，由于人民公社在农村的特殊性，长时期以来青岩营业所的任务均以发放农业贷款为主，以支援农业为中心工作，金融机构信贷工作自身发展不是很大，储蓄业务极少。到了 80 年代，金融机构发生重大变革，乡镇、农村金融转归中国农业银行领导和管理。90 年代，青岩的农业贷款、储蓄存款都以较快的速度增长，还增加了工业、商业、乡镇企业等集体存款业务，同时还开展了其他事业及企业的贷款业务。商业贸易、乡镇企业的扩大生产、技术改造，个体工商户的生产、商品经营，集体建筑业的发展等，为青岩农村金融事业的发展注入了活力。

90 年代中期，金融管理有一些变化，青岩营业所发放农业贷款的工作转由农业银行营业所管理，并向商业银行转轨。1993 年，农业银行青岩营业所除完成 120 万元存款任务外，还发放贷款 330 万元，回收贷款 310 万元；清收非正常贷款 98 户 13.3 万元，清收呆滞贷款 97 户 11.2 万元。1994 年，农业银行青岩营业所存款 506 万元，储户达到 4301 户。20 世纪 90 年代末，各种贷款的发放和各项存款，随着农村经济的多元化发展，城乡人民收入的提高，均已超过千万元。

青岩信用社在农村金融工作中发挥了积极的作用，在存款、贷款这两大业务上成效显著。1996 年，各项存款达 1210 万元，行政储户 1200 多户，资金 400 万元；存款数中低成本资金 654.6 万元，占 54.1%。全年发行贷款 683.2 万元，累计 799.8 万元，其中农业贷款 156.7 万元，水泥厂技术改造贷款 100 万元。1997 年，存款余额 1289 万元，比 1995 年增长 58%，比 1996 年增长 6.4%，其中储蓄一项就达 1009.7 万元，比 1995 年增长 36.5%，比 1996 年增长 14.4%。全年共发行贷款 613.7 万元，比 1995 年增长 44.1%；收回贷款 540.7 万元，比 1995 年增长 70.9%，比 1996 年增长 10.7%。全年新贷还款率达 90%。1998 年，存款达 1502 万元，利息收入 149 万元，回收率达 100%。全年发放农业贷款 211 万元，乡镇企业贷款 209 万元，个体工商户贷款 318 万元；回收逾期贷款 379 万元，呆滞贷款 26 万元，呆账贷款 10 万元。2000 年以来，随着农村经济的快速发展，青岩农村信用社的存贷款数量不断增加，为缓解农业资金投入不足、增加农民收入、促进农业发展发挥了重要作用。

# 第三节　交通运输

交通运输是促进地方经济发展的重要因素。中国最早的交通线路是驿道，其作用是为军事、政治服务，传递文书、迎送军队、接送官差等，贵阳的驿道在元代即有。清代贵阳通往四边的驿道，中间设有驿站、铺等，青岩铺就是贵阳 57 铺中的一铺，故青岩的正式交通线路，亦有 300 多年的历史。今定广门至 210 国道间尚余的 240 余米用石块铺成的道路，便是仅存的古驿道。民国初年，驿道的功能基本结束，逐渐为后来的公路所代替。到 20 世纪 80 年代后期，汽车才作为农村的主要客运工具，方便了农村广大农民的出行。90 年代后，农村经济政策的开放，使全镇各村寨的公路运输，已经发展成以汽车、拖拉机为主的运输行业，镇上的专业运输基本是私人业主所拥有。除运输农产品外，还涉及乡镇企业、建筑业、商业各个方面，交通运输已成为青岩镇经济的重要产业，并形成其专门的行业特点。

## 一　公路

贵阳市的公路始建于民国时期，即 20 世纪 20 年代至 30 年代初，县乡公路到 30 年代后期才开始构筑，此时青岩境内的交通，则主要由大车道（俗称马路）或乡村土路连接，直到解放前夕，过境的公路也只有一条贵阳至罗甸的公路（以下简称贵罗公路）。解放以后，从 1949 年年底到 50 年代末，贵阳市统一对原有公路进行修复和改造，贵筑县首先完成的就是抢修贵罗公路上的青岩桥，以保证贵罗路的畅通。1950 年 3 月，青岩桥修复通车。1956 年，青岩至黔陶公路动工修建，这是贵阳市自办的第一项公路工程，由贵筑县交通科和各区组成指挥部，下设技术、财务、宣教、安全、卫生等小组，桥、涵洞、堡坎等土石方工程发包给当地民工承筑，路基工程由各区承包修建。该路全长 75 公里，1957 年年底完成桥涵和路基工程。50 年代末，青黔公路通车。

经过青岩的国道，为解放后编号 210 的包南（包头至南宁）公路干线贵阳段之贵阳至小山这一段，全长 35 公里，最早是在民国 17 年（1928年）11 月动工，施工时断时续，至民国 23 年（1934 年）7 月 1 日才竣工通车。该路初建时自市区新路口起经易厂坝（今玉田坝）、五眼桥、甘堰塘、花溪、桐木岭、青岩至小山。民国 25 年（1936 年），易厂坝改建飞机场，起始段改由雪涯路经窄口摊、长沙义园（今湘雅村、艺校）、太慈桥后合原路，成为国道的一部分。解放后数十年间，该路段多次整修改建，经过青岩的一段亦数次扩宽。90 年代末，该路段必经之青岩桥，因年久失修，结构已不堪重压，市公路部门和镇人民政府共同将之改造，将弯道改直加宽，减少了过车速度慢和易出车祸的状况，加快了公路的使用。1998 年，镇党委、政府主动与贵阳公路总段和市交通局联手，共筹资金，拆房扩路，又对 210 国道青岩段（今交通路）进行拓宽，该路段现已成为联系贵阳市、花溪区与省外的要道和农村的致富路，给青岩的经济发展提供了快捷和便利。

青岩的公路支线，就是以镇本部为中心通往各乡镇、村寨的乡村公路。50 年代公社化中，乡村公路修通了青岩至新楼、青岩至凯坝、青岩至马铃等13 条，总长 100 余公里，当时的 23 个生产队已通车 19 个。另外，还有一些简易的、通往厂矿的公路，连通了与各生产队之间的联系，加快了城乡物资的交流。这些公路中，有青甲、青冒、青破三条主要线路和新思、歪杨、歪早等几条次要线路。另外还有一些短途的专用公路，如摆早仓库 1 公里、大关口至上板桥 2 公里等线路。农村各地村寨之间相互联系的短距离线路，属民间自建自管自养自用的道路，未作等级划分和验收，是农村发展农业经济和改善人民生活必不可少的基础设施。下面对青甲、青冒、青破三条主要线路作简要介绍。

（一）青甲公路

自过境 210 国道起经歪脚、山王庙、黔陶、小马场、石门、高坡、水塘、石板寨、掌纪、高寨至甲定，全长 30.1 公里。该路段分几次建成，1958 年建成青黔段，1962 年建成黔小段，1965 年建成小高段，1971 年建成高甲段。该路是花溪东南部少数民族地区经济发展的重要公路，至 90 年代初，亦经多次整改，全路有四级路面 5 公里，等外路 25.1 公里，均为泥结碎石铺成，路基宽 4.5—6.5 米，路面宽 4—5.5 米，最大纵坡 13%，有永久式桥梁 5 座，总长 139.75 米，涵洞 60 道。

（二）青冒公路

自镇起经龙井、羊洞、燕楼至旧盘井的冒沙井煤矿磅房，全长 12.02 公里，是煤矿的主要运输线。始建于民国 37 年（1948 年），当年就完成部分路基。50 年代在原有基础上时断时续的建设，1960 年竣工通车，是青岩境内最早的乡村公路。经过近二十年的使用，到 1990 年，因为缺少经费，该路仍然是等外级公路，泥结碎石路面，路基宽 4—6 米，路面宽 3.5—5 米，最大纵坡 9.6%，最小平曲线半径 8 米，有永久性桥梁一座，总长 10.7 米，涵洞 25 道。

（三）青破公路

自镇起经谷通、新楼至破岩止，全长 12.55 公里，1958 年建成，1960 年整改，1983 年又投资 2 万元拓宽，降低坡度，沿线是山岭重叠地形，是花溪区西南部少数民族地区的主要公路。到 1990 年时仍为等外级公路，泥结碎石路面，路基宽 4.5 米，路面宽 3.5 米，最大纵坡 16%，最小平曲线半径 11 米，有涵洞 R1 道，日交通量 305 辆。

90 年代后，青岩全境交通发达，210 国道纵横南北，过境的一段，经镇政府与有关部门的共同集资，加宽改造 900 余米，另建钢筋混凝土公路桥一座，总投资 129 万元。通往高坡、黔陶、燕楼、马林等周边乡镇均有了较高级公路，其中青岩至马林公路改造加宽为二公里，投资总计 38 万元。青岩至黔陶、青岩至燕楼全部改成沥青路面。在市区有关部门的大力支持下，镇和各村寨自行集资，出人出力，完成了村村通公路、寨寨走汽车的目标，村寨里原有的土碎石路面，已改造为水泥路面，总长 60 余公里，总投资 60 余万元。道路的畅通，解决了农业产品的外运和对外的交流，也给农村带来了新的经济发展机遇。交通运输业的发展，促进了整个农业经济的繁荣。

### 二　桥梁

桥梁（包括道路）是地方经济发展必不可少的设施，特别是在贵州山区。青岩境内建造最早的作为道路用的桥，是清康熙年间建于杨眉河上的杨眉桥，先是行人，后来行人、过车，再后来成为路桥。而处于青岩和贵阳市与外界联系咽喉要道上的青岩大桥，则是青岩境内最重要的桥梁。青岩新桥为石拱桥，建于民国23年（1934年），是境内最早的公路桥，修建时有两个孔，一孔直径4.9米、一孔直径4.3米，桥长25.3米，宽9.4米。青岩桥先是贵罗公路必经桥，后来则成为国道干线上的重要桥梁。1949年11月贵阳刚解放，贵筑县就集中人力物力，抢先修复该桥。此后的数十年里，该桥虽经多次维修，但仍然不能适应现代交通运输的需要。直到90年代后期，随着210国道的更新，为加快通车速度，有关部门将国道从进青岩前下坡弯道处改直，绕过历经数十年沧桑的青岩桥，修建了一座钢筋混凝土桥直通镇内，青岩桥则成为记载这条公路干线历史的见证而保留下来。

青岩历史上有名的桥，还有宫詹桥。作为现存仍用的一座古桥，宫詹桥不仅记载着历史，也是当今历史文化研究和旅游经济开发的重要内容。至20世纪末，境内公路已四通八达，桥梁作为公路的重要组成部分新建了不少，这些桥梁均属于小型桥梁，仅有两座中型桥梁。中型桥梁主要有：（1）东风桥。东风桥又名歪脚桥，属中型桥梁，位于青岩歪脚村南侧青岩至甲定公路1公里250米处，跨青岩河，右边便是有名的青岩油杉坡地。该桥为单跨钢筋混凝土双曲拱桥，跨径30.5米，桥长55.4米，高5.4米，净宽6.9米。设计能力可载重汽车10吨、拖拉机60吨。桥面标高1075米，1971年建成。（2）思潜桥。位于思潜村东南侧，新哨至思潜公路5公里处，跨青岩河。为3跨钢筋混凝土T型梁桥，跨径各16米。桥长58米，桥高6米，净宽7米。设计能力：汽车15吨，拖拉机80吨。桥面标高1030米，1987年建成。

境内小型桥梁，目前共有八座。除青岩桥外，另外的七座桥是：久远井桥，位于青甲线上，跨老榜河，为石拱桥，有三个孔，跨径6.8米，桥长36.3米，桥宽度6.4米，1963年建成。小马场桥，位于青甲线上，跨赵司河，为石拱桥，有一个孔，跨径8.9米，桥长15.4米，宽5.6米，1962年建成。大马场桥，位于青甲线上，跨赵司河，为石拱桥，有两个孔，跨径8.9米，桥长21.7米，宽6.2米，1962年建成。水塘桥，位于青甲线上，跨三岔河，为石拱桥，有一个孔，跨径6米，桥长11米，宽7米，1972年建

成。上坝桥，位于歪杨线上，跨杨眉河，为石拱桥，有两个孔，跨径 8.4
米，桥长 9.4 米，宽 3.5 米，1959 年建成。杨眉桥，位于歪杨线上，跨杨眉
河，为石拱桥，有一个孔，跨径 5 米，桥长 8 米，宽 3.6 米，清康熙年间
建。石头寨桥，位于桐木岭—羊洞线上，跨青岩河，为石拱桥，有三个孔，
跨径 5 米，桥长 19.5 米，宽 4 米，1963 年建成。

# 第六章

# 旅游业与文物迹址

## 第一节　旅游业概况

　　青岩，始建于明洪武十一年（公元 1378 年），距今已有 600 余年的历史，在贵州历史上具有极其重要的政治、经济和军事地位，有"筑南门户"之誉。青岩为贵州省四大历史文化古镇之一，1992 年评为贵州省级历史文化名城；2003 年，被列为全省 20 个重点民族文化村镇之一；2005 年评为国家历史文化名镇，入围央视"魅力中国·魅力名镇"。

　　青岩古镇传承了 600 余年的历史文化、人文景观，这些与明清古建筑和自然景观构成了丰富的旅游资源。各种文物景点有百余处之多，古建筑群密布于镇内各处，有寺、庙、阁、祠、宫、院等文化古迹共 37 处，并集佛教、道教、天主教、基督教于一镇，宗教活动历史悠久。镇内有贵州历史上第一位文状元赵以炯的府第、有孙中山元帅府秘书长平刚先生的故居，有震惊中外的"青岩教案"的遗址，还有周恩来、邓颖超、李克农等老一辈革命家的亲属曾居地。古镇还以独特的饮食文化广吸八方宾朋，青岩卤猪脚、青岩豆腐果、青岩双花醋、青岩玫瑰糖、布依料酒、众多的豆制品、干货食品及布依物绣等少数民族手工艺品深受广大游客的青睐。明清建筑的风格、四教并存的格局、人才辈出的历史、商贸繁荣的景象、心态平和的居民，无不处处显示出青岩文化之底蕴。

　　青岩镇的旅游业是从 1986 年前后崛起的新型产业，10 多年来取得了相当大的发展，青岩的旅游产品不断增加，规模逐步扩大。1993 年开始对青岩古街道全面改建和维修，使青岩的旅游条件进一步优化，不但是贵阳市民就近休闲的好去处，而且迅速成为省外、国外旅游者青睐的胜地。随着双休日、"五一"、国庆和春节长假制度的制定，青岩旅游事业更加如鱼得水。到青岩旅游、休闲度假的人数逐年上升。1995 年至 2000 年间，先后有（台湾）中华民族交流黔川访问团、贵州文化研讨会代表团、省老年大学合唱团等大型旅游团体到青岩访问旅游。到过青岩的名人有以色列著名摄影家阿罗扎女士、新华社香港分社社长周南等。实际上，2000 年以前，青岩古镇还是一个不知名的小镇，2 平方公里的古镇游客稀少，每年的游客量不到 2 万人次，旅游业收入不到 10 万元，景点只有定广门城楼、状元府、南街、迎祥寺、基督和天主两个教堂，街道路面和卫生状况较差，餐饮点少，旅游基础设施不完善，游程不过半天，留不住游客。自 2000 年以来，省、市、区斥巨资恢复建设青岩古镇，在保持其传统格局和街道空间轮廓的前提下，按照继承、保护、发展相结合的原则，"修旧如新"保持原貌修建了青岩定广门城楼、北城门城楼、南城墙、南北明清一条街、状元府、书院街、北街、西下院街、寿佛寺、万寿宫、慈云寺、文昌阁、赵公专祠、龙泉寺、文化广场，并对明清街的 80 余户沿街居民进行立面改造。投入古镇建设资金 8000 多万元，体现了省、市、区各级领导对青岩古镇的发展和建设的深切关怀。古镇的景区修复和景观不断拓展、基础设施不断加强、旅游服务质量不断提高，游客量逐年攀升，促进了第三产业和地方经济的长久发展。

自 2000 年省、市、区斥巨资对古镇修复以来，南北明清街路面全部用青石板铺面，给排水、电线、电话线全部下埋，街道容貌得到大改观，道路干净整洁，沿街门面林立，街道游人如梭。加之景点的增多，寿佛寺、文昌阁、赵公专祠、万寿宫、慈云寺、龙泉寺、文化广场修复，集吃、住、玩为一体的农家院落使游客对青岩古镇情有独钟，每年的游客量达到 100 万人次以上，旅游业收入上千万元。第三产业旅游业已经逐步成为青岩镇的支柱产业。青岩旅游业取得成功的关键因素是青岩独特的地理和文化环境。

青岩的旅游文化特点，可概括为"古"、"神"、"幽"三方面，即由古建筑、古城垣构成的古镇整体面貌；由儒家传统文化，道教、佛教、天主教、基督教的宗教文化和民俗文化构成的神奇文化氛围；由自然山水和体现中国"天人合一"哲学思想的人工培养景观结合形成的山清水秀、奇木珍林、幽静自然的风光。三者组成了内涵丰富的古镇多元文化旅游区。青岩古镇的布局，自然合理，制依古法。全城街道以东、南、西、北方向呈十字交叉，路面全为本地产青石铺就，城内沿街房屋大多数为明、清时期建筑风格：

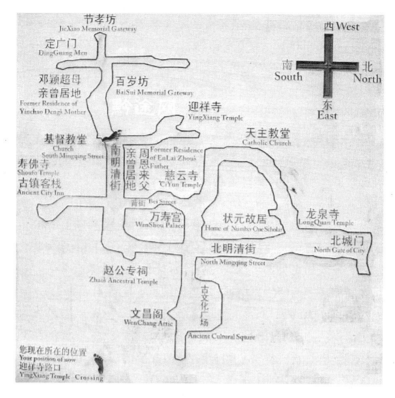

**图 6.1　青岩古镇导游图**

一楼一底、青砖、小青瓦。门窗（包括腰门）多饰以浮雕或镂空雕刻的花鸟虫鱼、人物器具等艺术形象，唤起旅游者的思古幽情和高尚意趣。

　　青岩的古建筑为省内少见，先后于 20 世纪 90 年代分别被确定为省级文物保护单位，青岩也被省政府命名为历史文化名镇。青岩古建筑素有"九寺、八庙、五阁、八牌坊、二祠、一府、一宫、一楼"之称，最远者建于明万历、天启年间，近者建于清道光、光绪年间。凡有修复基础的，均已修复、重建完工。已修复的古城墙、城楼不但是游客必到之处，而且还是影视外景拍摄的常用场地。电视剧《情系此山中》、《六马兄妹》、《秘密使命》，电影《长征》、《徐霞客》、《寻枪》等，都曾在此拍摄。

　　宗教是青岩旅游文化的重要组成部分，也是青岩旅游产品的亮点之一。青岩的宗教主要有道教、佛教、天主教和基督教四种，佛教传入最早，基督教传入最晚。明代，儒、佛、道三教多有合一现象。由于青岩民风淳朴，数百年来，包括天主教、基督教在内，各教信众一向和平共处，互不干涉，形

**图 6.2　幽幽石板巷**

成了宗教文化在青岩"诸教并立，中外共存"的特点。旅游者可以根据自己的信仰，在不同的寺庙、教堂过宗教生活，并可同时游览其他宗教场所。

丰富的少数民族文化，是青岩旅游的地方特色之一。青岩镇以少数民族山清水秀的村寨活动场所为背景，以众多的民族节日和艺术为载体，打造出特有的旅游产品品牌，成为旅游者寻幽探奇的目标。最有名的当数布依族聚居的龙井村，已有 500 多年历史。该村距镇约 1 公里，以绚丽多彩的民族风情和山水风光取胜。明永乐二十年（1422 年）龙井寨已经存在，主要居民为

图6.3 古镇街景

龙、罗、蒙等姓氏家族。明代属金筑长官司管辖，后属广顺州首善里，设有两堡，一名歪脚堡，一名尖山堡。村内有两眼清泉，一为龙井，一为坝上。泉水冬暖夏凉，流出后汇为龙井河。另有一占地十四五亩的水塘，长年碧波荡漾，是天然的游泳场。龙井山上森林阴翳，鸟语空山，溶洞中石钟乳姿态万方，景色奇异。龙井村民继承先辈传统，善歌舞，逢节庆、婚嫁时，歌声绵延数里，风韵别致。龙井村妇女精于刺绣，作品可供实用、观赏，是极其珍贵的旅游纪念品。刺梨酒是龙井的特产之一，口味清香，营养丰富，远销省外。

青岩的珍稀植物独具特色。镇东约1公里的歪脚寨南面山坡有油杉220

**图 6.4  制作玫瑰糖**

亩，为国家珍稀保护物种，四季常青，数百只白鹭栖息树间，青白相映，极具观赏价值。青岩镇西的新楼村内有一株千年古银杏，高约 25 米，树直径约 7 米，需 12 人方可合抱，树干由 16 棵主干合成，树形罕见，为不成规则弄戟形，春天新芽萌生，夏天枝繁叶茂，秋天硕果累累，每年尚能产果实300 公斤左右。

## 第二节  古建筑与文物名胜介绍

青岩城周围的城墙，以方形巨石垒砌而成，其中，位于南边的定广门城楼为两层楼，飞檐斗拱，气势宏伟。城墙、城门、城楼与城内的九寺、八庙、八牌坊、五阁、三洞、二祠、一院、一宫、一楼组成遍布全镇的古建筑群，与古道、石街、青瓦木屋交相辉映，显出古镇幽雅、古朴的氛围，是青岩区别于其他历史文化城镇的显著特点。600 多年的历史，留下了 30 余处珍贵的文化遗产，形成了青岩镇特有的建筑文化。

### 一  古城垣

青岩最早是明洪武十一年（1378 年）设置的贵州前卫所属青岩堡，为屯军单位，设土司官管理。明天启年间，土司官班麟贵，因功授三品同知，任青岩土守备。班麟贵在任上，亲选筑城地于离城 2 里的四只坝，修筑城垣，迁土司衙门于城内，命名城垣为"青岩"，当地布依族语为"兵城"、"营盘"之意，是为旧城，也称内城。明代旅行家徐霞客曾到过该城，并有生动的描写："其城新建，旧行而东，今折其东隅而西，就尖峰之上，城中颇有瓦楼环规焉。"崇祯十一年（1638 年），班麟贵子应寿改土城为石城，并扩建定广门，是为新城，也称外城，其城墙沿山而建。有清以来，青岩城曾经几次大修。嘉庆三年（1788 年），邑人武举袁大鹏重修时，城已建 100 多年，多处倒塌。袁大鹏倾其家财，亦得乡绅民众支持，修复如初。修复后的城垣，起东门跨阁上山，连大茨窝山悬崖至南门（定广门），又越黄家坡经西门，再跨下寨山（青龙山）达北门，依山势而建，蜿蜒曲折，多筑于悬崖之上，仍沿用本地产经加工方整的大块青岩石砌成，高 4 余米，全长约 2000 米。东、西、南、北四城门增设敌楼、垛口，坚不可摧。咸丰三年（1853 年），青岩团务总理赵国澍又重修，并扩建南城门洞为定广门，门为圆拱式，内高约 3 米，宽 3.5 米；城墙高 7 米，厚 4.7 米，城楼高 6 米多，为穿斗式悬山顶木结构，小青瓦建筑。面阔三间，进深 4 米，屋檐为歇山双顶双重飞檐（又称翘檐），黄琉璃瓦，琉璃屋脊，木格窗及扇门。20 世纪 60—70 年代，青岩城垣大部拆除，城门、城楼全部毁坏。1989 年和 1991 年，青岩镇人民政府先后两次对定广门内外一段城墙和定广门进行修整，由省、市、区有关部门拨出专款，政府负责组织施工。修复后的城墙加厚了 2.8 米，城楼高 7 米多。城墙和城楼总高 14 米，边墙延伸百余米。90 年代末，镇政府又在原有基础上，将城墙再延伸到黄家坡山脚，总长达数百米，古城门当年雄姿得以重现。

## 二　石雕牌坊群

青岩石牌坊是除古城垣之外最具特色、最有代表性的古建筑，原在城四门内外分别建有 8 座，现存 3 座是贵阳地区保存最好的石牌坊，工艺精湛，造型奇异、美观，均已列入市级文物保护单位。

赵彩章百岁坊，位于镇北门外 1 里处的坟地边岩石上，建于清道光十九年（1839 年）6 月，为四柱三间三楼四阿顶式，高 9.5 米，宽 9 米，坐北朝南。四柱南北面均有抱鼓护柱，中门上方有横匾，北面为道光皇帝颁赐"七叶衍祥"题额；南面镌刻"赵彩章百岁坊"大字。梁柱上有各种花草图案浮

图 6.5　位于定广门内的石牌坊

雕，上端安装有 5 个垫背梯形石凳，正中石凳空雕"龙鳌图"，里嵌"圣旨"二字立匾一道。左右垫板上，南北两面分别刻有赵彩章生平和"道光十九年六月蒙贵州巡抚都院贺提奏，道光十九年奉准"字样。左右两面梁柱上方有 4 个梯形垫背石凳，南北面分别阴刻楷书"堂开五代"、"身功三朝"、"寿过百龄"、"目及七世"等额，顶部为"双鳌含背"图。牌坊各柱分别有赞颂赵彩章的楹联 5 副，其中中门楹联为：阅世逸三朝，子嗣丕头，绕膝孙儿连五代；历年经百载，天恩遥远，荣身冠冕焕千秋。

　　赵理伦百岁坊，位于定广门内，距城门约 30 米。建于清道光二十三年（1843 年）。高 9.5 米，宽 9 米，四柱三间三楼四阿顶式，坐北朝南，四柱南北均有石狮护柱，石狮高 1.5 米，前爪握宝，后爪撑于柱壁上，名为"下山狮"，造型甚为罕见，为青岩所特有。正中横梁上空雕"二龙戏珠"图案，北面正中镌有道光皇帝钦赐"七叶衍祥"题额，南面正中刻有"升平人瑞"横幅，左右分别刻有"赵理伦百岁坊"楷书字样，石坊中间上端有"钦赐"二字。牌坊上有垫背石凳 5 个，居中为"龙鳌图"，内嵌"圣旨"二字立匾，两面皆同。左右 4 个石凳，刻有各种神话人物浮雕，神态各异，惟妙惟肖。正中上方有"道光二十三年正月二十日总督部堂巡抚部院会进士口郎口正九品敕授仕郎诰封文林郎赐赠修织郎赵理伦百岁有二奉旨建坊"阴刻楷书，石坊顶为"双鳌含背"空栏状图。4 柱各有吴振棫、但明伦等书法家撰写的楹联5副，其中中门楹联为但明伦所书：天意若私于一家，百寿齐登，艳说难兄难弟；皇恩无靳乎重赐，双旌并建，还歌自北自南。

周王氏媳刘氏节孝坊，位于南门外，距定广门300余米。建于清同治八年（1869年），制式与前两座相同，高约9.5米，宽9米，面南朝北，4柱均为抱鼓护柱，有长方形柱基，正中横梁空雕精致的"二龙戏珠"图。上方横额为"周王氏媳刘氏节孝坊"字样，匾额上方梁柱有浮雕"荷花"图样，有梯形垫背石凳5个，正中空雕"五龙"图，中嵌"圣旨"二字立匾，左右4个石凳浮雕为"花瓶"图案，南北两面俱然。横梁两面均有"同治八年十一月二十九日蒙总督部堂刘巡抚部院曾会奏同治八年十二月二十日奉旨建坊"楷书阴刻字样。石坊上还有多处石雕"古书"、"花瓶"图样和"双鳌卧背含寿"图，4柱共有楹联5副。

青岩镇保存至今的3座牌坊，石材均为本地所产白棉石，设计风格基本一致，工艺精美，特别是赵理伦百岁坊石柱的"下山狮"形态栩栩如生，最具特色，为青岩石坊的精品。

### 三　古建筑

经数百年而留下的寺庙楼阁、宫院府祠，体现了青岩古建筑的集中性，在当今的贵阳已不多见。其建筑特点是雕梁画栋，飞甍翘角，装饰精细而不浮华，做工精巧而不奢靡。所有建筑中的石柱基础最具特点，形态多样，图案生动活泼，总计有30余种。有长短花瓶形，四角、六角、八角形、圆柱形和鼓形等形式，显示出清代贵州的石雕艺术水平。清道光年间重修的斗姆阁（又名迎祥寺）是其中的代表。

斗姆阁，位于镇南街黄家坡脚。清道光《贵阳府志》载："斗姆阁在青岩城南门，明天启中建。清道光五年重修，道光八年重建观音殿，十二年补修两厢韦驮殿、大门牌坊、天井、围墙。"民国以来日渐败坏，解放后一度作为仓库使用。20世纪90年代初，市宗教事务局拨专款维修前殿、两厢等主体建筑，后又得市、区文物管理部门、宗教部门关注，再次拨专款修复了山门、牌坊、钟楼及弥勒殿等，全寺重建工作基本完成。90年代中期至21世纪初，由政府拨款280万元维修大殿、两厢，还重修了三官殿。斗姆阁为全寺主体建筑，位于全寺最高处，有石阶10余级，达于阁前台基，阁建于台上，上下二层，建筑形式古朴。下层正中4柱，大逾合抱，质料坚实；柱下承以石础高约2尺，比市内其他石础高出1尺多。石础为圆形，与石柱形相配，增加稳定性。第二层中间4柱，为此层承重点所在，四柱不是从底层地面穿到二层，而是立于下层横梁上，形制特异，与贵阳市内文昌阁立柱有异曲同工之妙。观音殿，为穿斗式歇山顶翘檐式建筑，大雄宝殿（一进殿）为硬山顶砖木结构建筑，其他均为悬山顶木结构。全寺占地2000平方米，坐西向东。由于该寺建筑年代久远，有代表性，并为花溪区唯一正式开放的寺庙，故1986年定为镇文物保护单位，1995年定为市级文物保护单位。

在青岩的寺庙建筑中，具有显著建筑特点的还有慈云寺、寿佛寺。慈云寺中的石柱础是贵阳地区石柱础的精品；寿佛寺则以石雕、木雕著称，寺中有一白棉石望柱，高约1米，望柱呈菱形空雕，极为精巧；另外大殿右侧浮雕"盘龙石"，戏楼横梁上的木质透雕"二龙戏珠"，都是工艺精湛的建筑附件。青岩除寺庙外的其他古建筑，以万寿宫、文昌阁、状元府、宫詹桥为代表。

万寿宫，又名江西会馆，位于镇西街3号。从东向西，占地共2000平方米。清康熙年间建，嘉庆三年（1798年）重修。万寿宫的正门在背街，其建筑特色为穿斗式硬山顶木结构，书房为悬山顶式，由正殿、配殿、两厢、戏楼和生活用房组成一大型建筑群。戏楼则是该建筑群中最有特色的建筑，两阁三间，进深9米，中间为戏台，宽约8米，两侧为戏廊和休息室。立体结构为四梁全柱支撑，周长1.85米；柱础为花纹各异的八角形白棉石，周长1.95米，高0.5米，戏台距地面高3.5米，台口至檐口高5米余。整座戏楼高13米。台口横枋和檐口横枋上均有木质雕刻珍品，为人物花卉图案浮雕。雕工精致，巧夺天工。通长8米，宽约0.3米；左右戏廊檐口横枋和望柱（栏杆）横枋上同样有木质浮雕和透雕人物花卉图案数十幅，长约5米，宽0.3米，戏楼檐口的吊墩（俗称垂花柱），又叫"撑拱"。木质空雕"双狮争雄"更是少见的木雕艺术品，双狮前爪撑住台柱，二目圆睁，活灵活现。万寿宫的整体建筑，从清后期至民国变化不大，保持原有特色。20世纪50—70年代，受人为破坏，损坏严重，特别是建筑物上的木雕艺术品，大部分销毁。由于青岩幼儿园长期使用，万寿宫主体建筑才得以保存下来。1986年，其古建价值被有关方面发现，于当年12月被镇人民政府列为文物保护单位，1987年升格为市级文物保护单位。1992年，随着青岩古镇被列为省级文物保护单位，万寿宫得到进一步的保护。为恢复其建筑原貌，政府拨出专款，划出土地，搬迁幼儿园，对万寿宫进行修复和重建。至90年代末竣工对外开放，成为青岩镇文化活动的重要场所。

图 6.6　万寿宫

文昌阁，位于东街 143 号，为穿斗式硬山顶砖木结构四合院式建筑，坐北朝南，占地 800 平方米。有阁楼、正殿、前殿（一进）和两厢等屋舍组成。院中有巨石凿成的石缸两口，缸体有人物花卉浮雕，保存基本完好。1986 年列为镇级文物保护单位。1992 年拨款对文昌阁作了局部修复。20 世纪末列入全部整修计划，21 世纪初已全部完工并开放使用。

赵以炯故居，位于赵状元街 1 号。清代中晚期建，系穿斗式悬山顶木结构、二进四全院建筑。坐南向北，占地面积千余平方米，经历百年风雨整座建筑仍保存完好。一进右厢房的木雕门窗艺术品属民间工艺精品，二进院各房屋因住有居民，损坏不大。状元府内有残存的"百寿图"，已被原样保护。另有两眼井，名为"聪明水"。1986 年，列为镇文物保护单位。90 年代初，根据青岩镇规划和对文物古迹的保护措施，该建筑作为贵州省第一个状元的府第，列入首批维修恢复项目。1995 年，对内住居民进行搬迁后，市、区拨出专款，展开"整旧如旧"的维修施工。1996 年元月竣工，恢复了建筑的原貌和特点。是年，修复后命名为"状元府"的赵以炯故居正式对外开放，成为青岩旅游的重要景点。

青岩区别于房屋建筑的有名古建筑，当数宫詹桥。宫詹桥又名蒙贡大桥，位于镇南约 7 公里的蒙贡寨南侧，横跨涟江上游，系二孔石拱桥。桥高

图 6.7　赵以炯府第

7.5 米，宽 5 米，长 50 余米，清康熙五十七年（1718 年）建，嘉庆十四年（1809 年）重修。桥头有石碑两座，分别记载建桥和修桥经过。桥是青岩骑龙人周起渭（渔璜）捐银所建，周氏曾官"宫詹"，桥因此而命名。石材为本地所产，至今坚固可用，是青岩境内保护较好的古代桥梁。1991 年列为花溪区文物保护单位。

### 四　其他文物遗址

青岩在其 600 多年的历史中，留下了各种历史人物活动遗迹和墓葬等历史文化遗址。较重要的有咸同年间震惊中外的"青岩教案"遗址，1985 年列为省级文物保护单位；第二次国内革命战争时期的"红军作战指挥部"遗址和"红军坟"等。著名的历史人物，有辛亥革命老人平刚故居、抗日战争时期周恩来的父亲、邓颖超的母亲、李克农等革命家的亲属等革命前辈居住过的民居，现已成为青岩旅游的重要景点。

（一）青岩会馆

明清时期随着青岩驻军的增多，青岩堡商家云集、市场繁荣，一些小商贩在青岩有了较好的经济收入后，纷纷在青岩定居，尤其以江西、湖南、四川客籍人为多，形成江西、湖南、四川帮派，并建有各自的会馆，使移居青岩的外籍人有了联络感情、传承原籍文化、保留原有风俗、维护自身利益的场所。可以说，所有移居青岩的外地人在坚持原籍文化特点的同时，均吸纳了其他民族或地区的文化。

青岩会馆都设在寺庙内，江西会馆在万寿宫，湖南会馆在寿佛寺，四川会馆在川祖庙，贵州会馆在黑神庙。按理，寺庙为六根清净之地，不允许喧闹神灵，但青岩的寺庙都有戏台。寺庙一方面可用于奉祀神灵、先祖，另一方面还可用于原籍人娱乐，可谓祀佛供祖、娱乐两不误。

江西会馆最早是移居青岩的外地八户人家集资而建，称八家祠堂。传说八家人并不怎么融洽，到了清代便由张圣道、张圣德两兄弟购置捐作江西会馆。从古至今数江西会馆最热闹，在青岩的江西人大多是手艺人或做买卖的，所以也是最有钱的。旧社会时，江西会馆的红白喜事、听歌唱戏的频率最高。青岩的江西会馆像全国各地江西会馆一样，奉祀的是真君（许逊）。传说有一年，江西洪水泛滥，蛟龙作恶，闹得江西不得安宁。许真君找遍江西，历经千难万苦，终于斩尽蛟龙，保得江西平安。为纪念许真君为民除害有功，江西人无论走到哪里，都要立庙祭祀真君。一来是联络乡情，二来是求真君保佑。

湖南会馆也称两湖会馆，两湖商人尊崇大禹，湖南人在外省修建的会馆通常叫"禹王宫"或"寿佛寺"。两湖会馆的两棵桂花树颇为有名。都说这一雌一雄两棵桂花树是开山和尚种的，雌的开花香，雄的开花不香，不过正是这一雌一雄相伴，才存活了近四百年。据管理人员说，现常有人来拜祀这两棵桂花树，一求早得贵子，二求爱情永驻。

四川会馆（川祖庙），与全国各地川祖庙一样，奉祀李冰父子。据史料所载，秦昭王时，李冰任蜀郡郡守期间，与儿子一起组织臣民在岷江流域兴修水利，以都江堰最为著名，使蜀人旱则藉以为溉，雨则不遏其流，故水旱从人，不知饥馑，沃野千里，世号陆海，谓之"天府"。因此，四川人把李冰父子视为"川祖"，走到哪儿，"川祖庙"就修到哪儿。

（二）青岩书院

清朝，青岩周边出秀才、举人共50多人，仅赵家一家就有10多人金榜题名，出了云贵两省第一个文状元赵以炯。张家出张善芝、张恒芝等秀才十几个。还有其他姓氏取得功名的也有十几个。这与青岩书院和青岩的各个私塾在青岩营造的读书氛围密不可分。

青岩书院原是青岩班姓土司的衙门。据说，清代乾隆年间，班氏土司家庙被烧毁，班家便以修家庙为由，将班氏先祖供像供奉于青岩众绅捐资修建的文昌阁，且久占不还。清嘉庆六年（1801 年），皇帝下旨全国春秋两季祭祀文昌帝君。早对班氏土司将班氏祖先与文昌帝君并列的作法很是不满的众绅，要求班土司搬出，以便青岩百姓祭祀文昌帝。班土司不但不搬反而蛮不讲理，认为青岩城是班氏先祖所建，他们有资格供奉于城池中心点。这一占又是 20 多年。无奈，清道光四年（1824 年），青岩李、赵、张几大姓联名上诉时任土司班廷献，据说官司一直打到朝廷，皇帝以班廷献将祖先与文昌帝君并列供奉犯下"大为不敬之罪"，须尽快搬出文昌阁。这场官司，班廷献不仅将先祖供像搬出文昌阁，还输掉班家一个四合院，一个花园、粮仓、牢房等 18 栋建筑的衙门。因班家衙门处于古城中心，几姓人家就把赢得的衙门一部分开办成书院。孰料，该书院竟创造出青岩乃至贵州的辉煌。

书院规模很大，结构为三进四合院梯形，布局雄伟，每栋房屋空间均在四米，采光良好、环境优美，确实是读书的环境，青岩有钱人家便纷纷把儿子送到书院求学。书院也培育了一批又一批秀才、举人、进士，尤其出了赵以炯这个状元后，长顺、惠水，就连广东、广西的富贵人家也送子弟到青岩书院读书。在书院的带动下，青岩镇出现 17 处私塾，良好的读书风气蔚然成风，富有的家庭、小康家庭，哪怕是贫困家庭也纷纷把子女送到私塾或书院求学，青岩书院便成了青岩古镇的最高学府。

（三）其他

平刚故居，位于镇东门外歪脚村，为穿插斗式悬山顶木结构建筑。由四合院及粮仓组成，坐北朝南，占地近千平方米。修整前仅存正房和石头地面的院坝，为平刚后人居住。1986 年列为镇文物保护单位。

赵以炯墓，位于镇南约 3 公里摆早村"状元坡"，占地 150 平方米，坐北朝南，为土堆墓。墓高 2 米，直径 6 米，墓碑为青石砌成的"五合式"即牌坊式碑体，顶盖为"山"字形檐脊，主碑高 2.5 米，宽 1.6 米。碑立于清光绪三十三年（1906 年）。1991 年列为花溪区文物保护单位。

## 第三节　古镇的保护与开发

胡锦涛总书记 2005 年初在青岩古镇考察时指出："贵州自然山水多、人文景观少，青岩古镇历史悠久，文化丰富，又在省会城市的近郊，非常珍贵，一定要保护好，开发利用好，把旅游做大做强。"近年来，各级党委、政府认真贯彻落实胡锦涛总书记指示，围绕"理清青岩资源存量，认清古镇经济含量，发挥文化旅游能量，提高社会文明质量"的发展理念，坚持把古镇保护贯穿于城镇规划、建设、管理和开发的整个过程，加大古镇的抢救保护和开发建设力度，努力开拓旅游市场，积极调整产业结构，大力推动地方经济社会的发展。

编制规划，理清保护内容。规划是有序发展的龙头，是古镇建设保护的关键，是解决可持续发展，正确处理好保护原有古镇风貌与发展经济，促进古镇资源的合理配置的重大问题。地方政府委托贵州省建筑设计院编制《青岩古镇保护规划》，进一步明确了古镇保护的内容和具体对象，采取分级分区，"点、线、面"结合的方法进行。"点"是指对分散于古镇范围的历史建筑、文化古迹、革命名人住址、典型民居；"线"是今后的发展计划即城镇新区用地发展方向；"面"是将古镇划分为绝对保护区、严格控制区和环境协调区，编制《青岩古镇区旅游区规划》以及《花溪区青岩镇总体规划》等。依据《青岩古镇保护规划》，地方政府投资2000多万元，对12个项目进行修缮与抢救性修建，促进了古镇保护与旅游发展。

搞好建设，实施保护工程。青岩古镇现有5座城门、4条正街、26条小街巷，朝阳寺前的大坪为场坝，以此为中心向四周辐射，整座城在布局设计上保持了我国古城的建筑风貌。因岁月沧桑，古镇许多文化建筑破坏严重，有的危在旦夕。按照规划抢救修复，强调"遵照规划、树立精品、机制创新"的原则，投资1600万元完成了万寿宫、定广门、慈云寺、寿佛寺、赵公专祠、文昌阁、北城楼等具有历史价值的文物景点的修复工程；投资500多万元分批实施了南街古驿道、北街、状元街、背街、下寨山步道及南出口古驿道等古街道的恢复建设工作；从2003年开始，每年安排一定资金用于古镇典型民居和南北明清街的民居抢救修复工作。严格规划审批程序，采取以点带面、政府补助的方式，逐步进行了10多户民居修复改造工程，今年计划完成50户民居改造工作，"点"的保护工作取得了阶段性的成果。

发掘内涵，提升保护价值。作为贵州省的一个历史文化名镇，青岩融中西文化于一地，有保存完好的明清古建筑群以及独特的人文生态环境。经过收集整理，提炼出青岩古镇独具魅力的三大文化现象：一是"全"，古镇虽小，但文化丰富，既有传统儒家的文化，又有"四教并存"的宗教文化；既有来自中原、江南的汉族文化，又有贵州世居的布依、苗族文化，此外还有汇集华夏诸多省份的建筑文化、饮食文化、民俗文化以及长征、抗战留存下来的革命文化等。另外，青岩古镇人才辈出：有《康熙字典》编撰之一，诗作传世的清翰林大学士周渔璜；有名振京华的贵州状元第一人赵以炯；有投身旧民主主义革命的先驱者、辛亥革命先驱平刚等。二是"神"，古镇选址布局看似自然随意，实为用心独具，九寺八庙五阁二祠一宫一楼五门八座（现存三座）牌坊法天像地，立城像理，是中国古代风水营城理论的现实典范，充满着神秘的色彩，是研究我国古代传统建筑学的活教材。三是"霸"，古城墙用巨石依山而建，易守难攻，是贵阳市南部最近的最佳军事防御点，格局合理，镇外防御体系浑然天成，充分发挥了雄霸贵阳南大门的军事堡垒作用。文化是古镇保护的灵魂，有关部门将进一步收集整理材料，让更多的市民和游客认识古镇的文化内涵，充分动员全社会关注和保护古镇。

合理开发，发挥保护作用。开发与保护是一个密不可分的有机整体，古镇恢复建设伊始，镇党委、政府确定了以旅游产业为主导，带动全镇工业、农业、城镇建设和社会各项事业协调发展的战略思路，将旅游放在优先产业的位置上作为新的经济增长点。围绕旅游服务、市场营销、文物管理、民族产品开发等项目，按市场化运作、企业化经营的模式，合理开发古镇的旅游资源。近年来，以政府主办、公司承办、社会参与的方式，利用"黄金周"、古镇民俗节气等时间，举办"古镇民间艺术游"、"民俗文化周"、"古镇庙会"、"元宵古镇灯会"、"中秋古镇赏月游"等旅游文化活动；借助电影《寻枪》的市场效应，组织《寻枪》原班剧组重游古镇活动等。旅游产业的兴起，促进第二、三产业发展，镇财政收入年均递增 20 个百分点。群众得到了实惠，正逐渐意识到"增加收入靠旅游，旅游发展靠古镇"。因此，古镇保护与群众的切身利益相关，道出了保护工作的真谛；也只有更好地保护，古镇才更有希望发展。

强化管理，经营保护发展古镇。管理是保护的具体体现，建设与管理的同步推进是古镇保护的又一个重要原则。如何从农村管理向城镇综合管理转变，镇党委、政府高度重视，强化领导，对古镇内违法违规建筑、文物景点、城镇环境卫生等实行综合治理。与此同时，继续坚持保护与开发并重、规划先行的原则，在严格保护古镇的同时，开发新区，抓好配套，以新区的开发来解决古镇保护工作中面临的社会发展带来的压力，合理布局旅游文化区、配套服务区、居民生活区、行政办公区等城镇分区，有效保护古镇；抓投入，着力改善历史街区的道路建设和管线下埋等工作，搞好污水排放治理的实施工作，多渠道争取资金，全方位筹措资金，搞好文物景点陈列和抢救修复工作，积极完善停车场、公厕、垃圾清运站等市场基础设施；在管好、建好、保护好古镇建筑的同时，注重古镇整体空间尺度的保护，实现古镇历史风貌格局的整体保护；抓机制创新，逐步实现管理权、所有权、经营权分离，各负其责的管理经营模式，从保护经营古镇出发促进发展。

附录 文物古迹一览表

| 序号 | 文物名称 | 地址 | 修建年代 | 备注 |
|---|---|---|---|---|
| 1 | 青岩教案遗址 | 位于姚家关村民组 | | |
| 2 | 赵彩章百岁坊 | 位于镇北门外白坟边岩石上 | 清道光十九年（1839年）6月 | |
| 3 | 赵理伦百岁坊 | 位于镇南街定广门内 | 清道光二十三年（1843年） | |
| 4 | 周王氏媳刘氏节孝坊 | 位于镇南门外 | 清同治八年（1869年） | |
| 5 | 迎祥寺 | 位于南街黄家坡脚 | 明天启年间建，清道光五年（1825年）重修 | |
| 6 | 龙泉寺 | 位于北街八十五号 | 明万历年间建，清嘉庆年初重修 | |
| 7 | 慈云寺 | 位于背街五号 | 明万历年间 | |
| 8 | 寿佛寺 | 位于镇阁上山九号 | 清道光九年（1829年） | |
| 9 | 朝阳寺 | | 明万历年间 | 现改修电影院 |
| 10 | 观音寺 | | 明万历年间 | |
| 11 | 元通寺 | 位于镇北青岩堡 | 明万历年初建 | |
| 12 | 凤鸣寺 | 位于镇南1.5公里新哨村 | 明万历年初建、清道光十二年（1832年）重修 | |
| 13 | 莲花寺 | 位于镇东摆托村 | | |
| 14 | 青龙寺 | 位于镇东杨眉村（原学校） | 清道光九年（1829年）修建，光绪十二年（1886年）重建 | |
| 15 | 三教寺 | 位于镇东杨眉村（原大队办公室） | 民国8年（1919年）重建 | |
| 16 | 迥龙寺 | 位于镇南思潜村（原学校） | 清光绪八年（1882年）正月重建 | |

| 序号 | 文物名称 | 地址 | 修建年代 | 备注 |
|---|---|---|---|---|
| 17 | 龙泉寺 | 位于镇西南谷通廖家寨 | 清光绪二年（1876 年）10 月 16 日重修上殿，清宣统二年（1910 年）修建 7 殿 | 已拆除 |
| 18 | 三教寺（上寺） | 位于镇新楼村（原大队办公室） | 清乾隆三十五年（1770 年）12 月 12 日建 | |
| 19 | 高峰寺 | 位于镇西谷通村大寨 | | 已拆除 |
| 20 | 东岳庙 | 位于镇东歪脚大寨 | 明万历年间建，清道光二年（1822 年）重修 | 已拆除 |
| 21 | 川祖庙 | 位于镇北状元街 | 清道光二十四年（1844 年）建 | |
| 22 | 孙膑庙 | 位于镇阁上山 | 清道光二十三年（1843 年）建 | |
| 23 | 雷主庙 | 位于镇中（原农贸市场） | | |
| 24 | 火神庙 | 位于镇南街 | 明万历年间 | 已拆除 |
| 25 | 财神庙 | 位于镇南街 | 清道光年间 | 已拆除 |
| 26 | 药王庙 | 位于镇西门黄家坡山顶 | | 已拆除 |
| 27 | 黑神庙 | 位于镇西门下寨山顶 | | 已拆除 |
| 28 | 云龙阁 | 位于镇东 1 公里，油杉林区云山顶 | 明万历年间修建，清道光二十三年（1843 年）重建 | 已拆除 |
| 29 | 文昌阁 | 位于镇中心场坝 | 清乾隆年间重修 | |
| 30 | 斗姆阁 | 位于南街迎祥寺旁 | 明天启年间建，清道光五年（1825 年）重修 | 已拆除 |
| 31 | 奎光阁 | 位于镇东门 | | 已拆除 |
| 32 | 玉皇阁 | 位于镇北狮子山上 | 清乾隆四十三年（1778 年）修建，清道光十二年（1832 年）重修 | |
| 33 | 赵状元府 | 位于镇北赵状元街 | 清光绪初年修建 | |

续表

| 序号 | 文物名称 | 地址 | 修建年代 | 备注 |
|------|---------|------|---------|------|
| 34 | 班土司祠 | 位于镇北门 | 明天启年间修建 | |
| 35 | 赵公专祠 | 位于镇南街 | 清光绪初年修建 | |
| 36 | 万寿宫 | 位于镇西街3号 | 清乾隆四十三年（1778年）修建，清道光十二年（1832年）重修 | |
| 37 | 青岩书院 | 位于镇中心 | 清光绪初年修建 | 现作为学校 |
| 38 | 水星楼（又称二郎庙） | 位于镇中心场坝 | 清康熙年间建，嘉庆年间修建 | 已拆除 |
| 39 | 天主教堂 | 位于镇西下院街 | 清咸丰年间修建 | |
| 40 | 定广门 | 位于青岩镇南街 | | |
| 41 | 宫詹桥 | 位于镇南7公里蒙贡寨 | 清康熙五十年（1718年）建，嘉庆十四年（1809年）重修 | |
| 42 | 赵以炯墓 | 位于镇南三公里弓腰寨 | | |
| 43 | 红军作战指挥所 | 位于镇东门外高寨河 | | |
| 44 | 青岩镇红军墓 | 位于镇东歪脚村后山 | | |
| 45 | 平刚先生故居 | 位于镇东1公里歪脚村 | | |
| 46 | 周恩来之父曾居地 | 位于青岩背街二号 | | |
| 47 | 邓颖超之母曾居地 | 位于南街七十五号 | | |
| 48 | 李克农等革命家属曾居地 | 位于背街十号 | | |

# 第七章

# 文化与教育

## 第一节　民间传统文化

青岩镇各民族文化经过600多年的碰撞、磨合，至今已达到融洽、包容境界，构成与其他地域不同的具有浓郁地方特色的青岩文化。民间传统文化和文艺娱乐活动，是青岩地方民族文化的重要组成部分，具有鲜明的地方特色和风格。传统文化主要有唱书、文琴戏、川剧、京剧、花灯、装春、捉旱魃等。春节期间的民俗活动最为集中，主要有放焰火、舞龙灯等。青岩的舞龙队远近闻名，是贵阳农村优秀的舞龙队之一。

### 一　传统文化

唱书。是一种流传于民间的群众娱乐活动，解放前在青岩较为流行，作为节日和农闲时的娱乐。春节期间，从正月初一唱到正月十五，白天晚上都进行，也不受场地的限制，一人说唱，众人围听，传统的唱本主要有《梅开二度》、《西京记》、《白鹤传》、《珍珠塔》等。

文琴戏。在青岩有很久的历史。民国初年就有业余文琴戏班，班头是贵州省内戏剧界知名人士刘介尘、李光黔。戏班唱的是座堂戏，观众主要是文人，剧本有刘介尘编撰的《徐刚击掌》等。

川剧。青岩业余川剧班成立在文琴戏之后，因为面向观众，所以比较兴旺。贵阳著名川剧艺人李天保、何天云、月月红等曾对青岩业余川剧班进行过指导，青岩川剧班也和他们搭班演出过。演出剧目有《御河桥》、《白蛇传》、《秦香莲》等。20世纪80年代改革开放后，青岩业余川剧班又恢复开

**图7.1 一位民间艺人在用一片树叶吹奏当地山歌**

展了活动。

京剧。青岩业余京剧班成立于 1952 年，演职人员有 20 多人，道具齐全，曾演出过《空城计》、《三岔口》、《打渔杀家》、《薛仁贵东征》等剧目。

花灯。青岩早期花灯称为"太平灯"，后来又称"耍灯"，是青岩较早的民间传统文娱活动。青岩现有近 10 个花灯会，每逢春节，灯会都要进行丰富多彩的表演活动。

装春。装春是一种大型的在白天进行的迎春活动，日期不定，是由四台至五台的人物造型和一套至二套戏曲锣鼓所组成的游行队伍。每台造型都由一张装饰华丽的大方桌构成，桌面上有一组古装戏曲人物，全由 10 岁左右的小孩装扮，剧目有《闯王进京》、《小放牛》等。游行时，锣鼓开道，鞭炮齐鸣，观者成千上万。青岩装春游行一般由川剧、京剧两个戏班主要组织。

捉旱魃。这是民间一种带有浓厚迷信色彩的求雨活动。旱魃由人装扮，上身赤裸，下穿一条红短裤，脸用各种颜色画成怪物妆，预先藏伏于某地，然后差人将其捉拿捆绑游街。捉旱魃时要耍水龙，龙有九节，用草绑扎。游行时旱魃在前，水龙在后，大街小巷每家每户都要准备水，以便淋旱魃和水龙。

### 二　文娱活动

舞龙。青岩民间文化活动中，舞龙是最受群众欢迎的文娱活动之一。舞龙原是汉族民间一种开展普遍、参加人数众多的集体活动，起源于古代求雨祭祀酬神仪式，后来逐渐为少数民族同胞所接受。贵阳市郊各乡镇都有舞龙队，青岩人把舞龙称为"耍龙"。舞龙从每年正月初九至十六，持续7天，是参加者人数最多、延续时间最长的娱乐形式。舞龙的套路动作丰富多彩，主要舞形有卧龙、转龙、盘龙及跳龙等，舞法有翻身钻肚、二龙抢宝、搅水、飞升等技巧。舞龙者须步调一致，反应灵敏，并有很强的体力，才能使龙体伸缩腾挪，满场飞舞，精彩纷呈。舞龙队一般还有花灯队相随，一路表演。花灯造型以"水族"为主，青岩花灯编制为"鲤鱼灯"、"虾子灯"各4盏，"蚌壳灯"、"鳌鱼灯"、"青蛙灯"各1对，领队的是1对"报信灯"和长号、唢呐、锣鼓组成的乐队。在舞龙过程中，乐队根据龙的动作，吹奏出模仿龙长吟、怒吼、憩息的各种声音，一条威武勇猛的巨龙栩栩如生地出现在人们面前。舞龙活动要经过长时间的准备。春节前一个多月，就要挑选演员进行集训，同时要集资购买扎龙所需材料，扎制彩龙和花灯。舞龙开始之前，各村寨都准备好美酒佳肴，等候舞龙队的到来。舞龙有一套严格的程序：先由灯主报到、施礼，然后举行"龙登位"仪式，再挨家挨户盘舞三叩，接着是"开财门"、"龙进家"等程序，以示祝愿主人家"财源茂盛，万事大吉"。舞龙的盛况，象征五谷丰登、人畜兴旺。由于青岩舞龙队已名声在外，所以舞龙不但是春节的重头戏，其他节日或有重大庆典，青岩舞龙队也常应邀表演助兴，历年来出席过花溪、贵阳的各种节日和庆典活动。

放焰火。青岩的焰火别具特色，比较出名的有三种：一是"放宝鼎"，二是"西鹅"，三是"孔明灯"。"宝鼎"高6尺，直径3尺，下部呈圆柱形，上为六边形锥体，称为"鼎盖"，以细竹篾编织骨架，外糊白棉纸，不封顶，锥尖有细雨绳可张挂。鼎盖周边镶嵌各种小型烟火管，有火箭、滴滴灯、地老鼠、火花筒等；内侧重叠吊挂5至12层戏曲、历史人物及动物造型，每个造型背上都捆着一对长火箭，鼎内有总导火索从外到内、从下至上连接各个烟火装置和造型，浑然一体。燃放时，要有特制的"宝鼎架"，架高约3米，由3根原木搭成"门"字形，鼎悬挂于门内，离地约1米。总导火索点燃后，鼎上的各种烟火依次纷纷燃放，火花、火箭、动物造型窜向高

**图 7.2　一支舞龙队在开启古镇城门迎宾仪式上表演**

空，射向四周，五光十色，美不胜收，令人目不暇接。最后，鼎底出现"五谷丰登"、"六畜兴旺"、"国泰民安"、"风调雨顺"等各种吉祥喜庆条幅，表达人民对来年美好的祝愿。"西鹅"是一种形似天鹅的烟火，长 3 尺，高 1.5 尺，是竹篾和白棉纸为材料制成。背上有孔，系一油捻，连着两根引线，嵌入鹅的眼中。燃放时，鹅身上滴滴灯闪闪转动，夜空中天鹅冉冉飞升，栩栩如生，形态逼真。"孔明灯"与前两种灯略有不同，烟火不多，主要区别是灯体。放孔明灯在正月十五，相传为诸葛亮病重时教给部下迷惑司马懿的办法：自己的"将星"落下后，立即将"孔明灯"代替"将星"升起，使司马懿不敢追击。后传入民间成为节日娱乐的玩具。青岩"孔明灯"灯罩为圆柱形，高 4 尺，上封顶，用竹篾为骨，36 张白棉纸糊成，外形如一个倒扣的水桶。下端直径 2.5 尺，以竹条绑成一十字形灯座，上系铁丝，吊一直径 0.8 尺的油桶，桶内是浸满油脂的纸捻，燃放时先以稻草火把灯内空气加热，再点燃筒内纸捻。热空气密度比灯外冷空气小，由此产生的浮力使灯体上升。纸捻燃尽后，灯体自然落下。灯体在空中升多高，飞多远，全凭纸捻燃烧的火力和时间决定，趣味性很强。还有一种小型烟火，俗称"水耗子"，以草纸层层卷糊成老鼠状，长短如钢笔，内分隔药层和主药层两层，装黑火药，外用石蜡浸泡，一端留出引线。燃放时须选择平阔水面，放入"水耗子"，点燃引线，燃至隔药层时"水耗子"钻入水中，至主药层时又浮出水面，像老鼠一样游窜，乖巧有趣，为其他地区所未见，算是青岩的一种"特产"。

# 第二节　民风民俗

青岩行政区划中，有30%以上的人口为少数民族，以苗族、布依族为主。经数百年与汉族人民的互相影响，形成了以汉族文化为主，多个少数民族文化互相交流融合的民间风情习俗，由古朴典雅、文明健康的民间文艺、文学样式和各自独立的民族节日文化组成独特的民风民俗。较具代表的有汉族的"观音会"，因观世音有"过去、现在、未来"三世诞辰（分别为二月十九、六月十九和九月十九日），故一年要举行三次盛大的庙会。苗族有农历正月初九到十二日的"跳场节"、四月八"芦笙会"；布依族有"三月三"、"六月六"赛歌会。各民族共同的传统节日有春节、端午、鲜果（七月十五）、中秋、重阳等，与全国各族庆祝形式大同小异。解放后新出现的节日有国庆、"五一"劳动节、元旦等，与传统节日一起形成了贯穿全年的节日文化风景线。各族人民节日庆典活动，可分为季节性、纪念性和祭祀性三种类型，是各民族文化观念、精神境界的综合表现，具有鲜明的地区性特征。

## 一　季节性节日

以苗族的"跳场节"为代表，每年正月初九至十二日，苗族群众来到与花溪交界的桐木岭举行歌舞活动。该活动最早出现于青岩新关村排套关，相传是苗族首领央洛老人为杀死猛虎、替女儿报了仇的青年诺仲而安排的跳场活动，相沿成习，演变成节日。后来，由排套关移至青岩城，又因故移至桐木岭，形成青岩地区的苗族同胞盛会。参加盛会的苗族以镇里的青年男女为主。其间，他们还会邀请在场上认识的朋友或情人到镇上做客，受到邀请的人自然也很感荣幸。夜幕降临时，镇内大街小巷、古寺墙边，青年男女成双成对，情意绵绵，作画说情话，欢唱情歌，互嘱来年相会之期。在他们对唱的情歌中，可以感受到苗族人民口头文学源远流长的传承体系，了解他们乐观而坚定的民族心理。

苗族"四月八"、布依族"六月六"也是季节性节日。"四月八"这天，苗族同胞要祭祀祖先，穿着节日盛装，吃乌米饭，走亲串戚。"六月六"一到，布依族男女老幼都穿戴整齐、新衣新帽，走亲访友，晚上青年男女进行对歌，通宵达旦，借此机会寻找恋人。村村寨寨杀猪杀狗，包粽子，也吃乌

**图7.3 当地青年在古镇上的一座牌坊前跳街舞**

米饭。

## 二 纪念性节日

以端午节为代表，青岩的端午节具有特别的意义，气氛肃穆而凝重，因为震惊中外的"青岩教案"就发生在清咸丰十一年（1861年）农历五月初五端午节这一天。自从教案发生以后，"端午节"在青岩就不再仅仅是纪念屈原，吃粽子、挂艾叶，而且还是教案的纪念日。每年端午节一清早，人们便扶老携幼走出古镇，举行称为"游百病"的户外游行活动。从东门到歪脚，从南门到新哨，自西门至坝子头，自北门至教案发生地姚家关，直到夕阳西下，纪念活动才结束。

## 三 祭祀性节日

青岩具有代表性的祭祀节日是"观音会"。观音会起源于佛教传说，后来道教也举行相同的法会。少数民族同胞受汉族的影响，也参加观音会活动。群众在这一活动中向观世音菩萨进香、上供，祈求多子多福、无灾无病、风调雨顺等。每逢农历三月、六月和九月的十九日，除青岩本地群众外，长顺、惠水、平坝、安顺、清镇、龙里等邻县佛、道信众及观光者，都云集青岩的寺庙，参加法会。"观音会"活动多以劝善为主题。有人专门演唱佛、道两教的宗教音乐和民间小调，劝导人们遵纪守法、尊老爱幼、乐善好施等。三次"观音会"要数六月十九日最热闹。是日上午上早殿，中午念佛，晚上上晚殿。庙里为善男信女准备斋饭，吃斋饭要交斋饭钱。这一天来进香的善男信女有万余人。

图7.4　庙会迎来的四方游客

## 第三节　宗教文化

### 一　古镇四大宗教的传入与发展

青岩是座融优美自然景观及悠久历史人文景观于一体的古镇，其中其宗教历史文化是古镇的宝贵遗产。古镇不大，却有佛教和道教寺庙、天主教和基督教教堂，被人称为"四教并存"。站在定广门上远远望去，尖顶的教堂与巍然的百岁坊遥遥相对，东西方文化矛盾而又统一地在小镇上合理存在着。初一、十五，寺庙里香火不断，而周日到教堂做礼拜的人也络绎不绝，风格完全不同的几种宗教信仰在小镇里平静地共存着，互不干扰，令人称奇。

道教。道教的"正一道"于元朝传入贵阳，传入青岩地区已有400多年历史，现有20多尊神像，信教人数5000余人。青岩道教的文化活动，主要是"打清醮"也称青岩打醮。分为春秋两次，各街在邻近庙宇举行。东街有朝阳寺，西街有慈云寺，南街有迎祥寺，北街有龙泉寺。活动内容为：春醮为太平教，求国泰民安，风调雨顺；秋醮为瘟疫教，送瘟神消灾。道士主要是行法事施孤，施孤是活动的尾声，即超度亡灵、遣散游魂。一般在夜间举行，每家备斋饭，结束时放烟火。

佛教。佛教传入青岩镇已有400多年的历史。自明万历年间到清道光年间的200多年中是其兴旺时期。青岩镇现有大小佛教庙宇10多处。宗教活动主要是每年三次的"观音会"和每年一次的"大佛会"，每次都有数千佛教徒参加。活动以唱山歌为主，即席演唱，自唱或对唱，不限人数。歌词具有浓郁的布依族民间特色。

天主教。天主教约于300年前传入青岩镇，但初次传入时发展缓慢。鸦片战争后，在西方殖民主义炮火的保护下，天主教再次传入，有名的姚家关教堂就是这个时期修建的，后来在这里发生了震惊中外的"青岩教案"。1863年后，贵州省各地布依族群众掀起了大规模的天主教"归化运动"，青岩古镇的教堂也得到了重建。青岩天主教的活动范围仅限于教堂和教徒家里，教徒平时会定期到教堂做弥撒，参加教堂活动。现在青岩古镇的堂口有教徒1000多人。

基督教。基督教传入青岩镇较晚，于1946年才在这里固定下来，迄今有教徒百余人。基督教传入青岩时间大概在民国13年（1924），是传入青岩

图 7.5　慈云寺

最晚的宗教。由于基督教传入青岩的时间短且一直没有固定场所，均靠租房传教，所以，教徒是四个宗教中最少的。青岩基督教的活动主要是圣诞节、复活节。平时的活动有每个星期六的安息日联欢会和礼拜天的崇拜联欢会。1987年，政府逐渐拨款资助在南街修建了基督教堂，结束了基督教70多年传教没固定场所的历史。

## 二　外来宗教与本土宗教的完美融合

在大约三四百年中，四大宗教相继落户在青岩古镇，并与青岩古镇的本

图 7.6　龙泉寺

土宗教和谐共处，共同繁荣，在贵州全省乃至全国都较为少见。现在青岩古镇居民的信仰多种多样，从外国的天主、上帝，到中国传统佛道教中的观音菩萨、弥勒佛、玉皇大帝、老子，再到民间神话传说中的二郎神、水神、井神、树神、土地神等等，应有尽有。除了天主教、基督教、贞女庙有自己固定的宗教场所和专门的礼仪规范外，其余的大部分是佛、道、儒、本土宗教不分，一个庙宇之中，往往菩萨、罗汉、太上老君等"共居"一处。在漫长的历史岁月中，外来宗教的传入与本土文化的融合，丰富了青岩古镇多姿多彩的宗教文化，造就了青岩古镇街巷建筑的独特景观。在浓厚的宗教文化的浸染下，人们的精神生活也变得多姿多彩。不同的信仰在青岩得到了尊重，这里是云贵高原乃至全国各民族、各宗教和平共处的一个缩影。

　　从古镇的发展可以看出，首先，古镇是作为一个军事上的堡垒而设置，渐渐的发展壮大，居民迁入其中，与兵士融合。士兵想念家人，古镇居民为生活祈祷，他们都需要一种精神上的寄托和依附。这就为宗教的传入提供了一种主观上的条件；其次，因为军事上的需要，朝廷为之设立了四通八达的驿道，使古镇成为一个跟周边地域相互联系着的交通枢纽，这就为外来宗教传入古镇提供了交通上的便利。天主教、基督教便是通过这种驿道而走进古镇的。不同的宗教有不同的信仰，适合不同人群不同的精神依托。这就为古镇的外来宗教和本土宗教和谐共处、共同繁荣提供了广泛的发展空间。因此，

**图7.7 青岩古镇的老教堂**

精神上的需要和交通上的便利是青岩古镇多教和谐共处的基础。

### 三 极具亲和力的宗教建筑

在青岩，保留下来的结构完整的宗教建筑遍布全镇。在青岩镇的宗教建筑中，佛教建筑包括龙泉寺、慈云寺、迎祥寺、寿佛寺、观音寺等，道教建筑包括火神庙、财神庙、黑神庙、万寿宫等，天主教及基督教教堂各一处。其中，万寿宫、慈云寺、寿佛寺、龙泉寺有戏台，表现出青岩宗教场所与民间娱乐活动相结合的特点。天主教堂为"青岩教案"发生后赔款所建，具有重大的历史意义。宗教建筑的建筑材料取自当地，色彩以黑、白、灰、青、褐为主，与周围的山色、田畴、河流相协调。黄家坡上的药王庙、下寨山上的黑神庙、东门上的奎光阁、北门的龙泉寺、镇中间的天主教堂等古建筑都借鉴了当地民居的建筑风格，表现出错落有致、波澜起伏、相互映衬、自然协调的特点，不仅美观实用，而且具有一定的研究价值。具有异域格调又与本土建筑特色相协调的教堂，从景观上丰富了青岩古城的整体风貌。

一般情况下，宗教建筑与民居之间都会有一定的空间间距，以营造庄严的宗教气氛。但青岩古镇的宗教建筑具有当地的民俗特色，反而能使人生出一种亲和感。二者的和谐共处主要表现于宗教建筑不抢占重要地理位置，与周围民居在布局、空间结构、色彩搭配等方面相互衬托，并沿用当地布依族建筑的石木结构。在选址上，古镇的宗教建筑有的依山就势，有的与石板路、石拱桥互为借景，巧妙安排。青岩的天主教堂，已经看不出典型的西方哥特式或是罗马式的痕迹，人们无论从哪个方向靠近教堂，都不会感觉出是正在进入宗教区域。在砌造方式上有平砌法、立砌法和斜砌法，而斜砌法有如人字形、鱼形等的花样。鱼在传统汉文化中是富裕的象征，但在布依族，则被视为"鱼骨头"，有生殖崇拜之意。而室内的石板或木雕均是通过类似的手法表达出一定的传统内涵。总之，古镇的宗教建筑依山就势，布局合理，石雕、木雕工艺精湛，无不显现浓郁的地方特色，令人叹为观止；一条条纵横四方的青石板路和弯曲狭长的小巷，门窗间精雕细刻的小棂，石坊上倒立的石狮，无不引人发思古之幽情。

## 第四节　教　育

青岩镇始终把教育事业作为政府的主要工作来抓。随着经济的发展，青岩教育事业也得到发展和壮大，不断跃上新台阶。

20 世纪 90 年代，国家"八五"计划开始实施，根据市、区的安排，镇教育工作全面实施"燎原计划"，实行"三教统筹"，即重点抓小学基础教育、农村职业教育和成人教育，普及六年义务教育，争取 20 世纪末普及九年义务教育，并把教育工作的德育教育放在首位，抓紧教师的培训，以培育出更多的教育人才。1990 年，共举办 16 次教师的教研活动，在全镇建立了 7 个实验基地教学点，举办各种培训班 25 期，对农民进行职业技术培训，有 105 人脱盲。为改善农村教学条件，拨出专款 5.14 万元，各村集资 4 万元，新建歪脚、思潜、杨眉三所小学的教学楼，增加课桌椅 150 套，维修校舍 100 平方米。是年全镇小学入学率 98.8%，毕业率 98%，普及率 95%。1991 年，普教工作巩固提高，全镇入学率 98.6%，普及率 98.2%，毕业率 97%。学前幼儿 581 人，学前教育达到 65%。基本建设有所加强，各村集资解决维护了新关小学 120 平方米屋面防水和杨眉小学操场，增置、维修课桌 200 余套。是年成人教育和职业技术教育也有发展，在农村举办了 24 次短期培训班，培训人数 2500 人次，骨干 250 人次，完成扫盲 90 人，镇成教中心和思潜教学点被评为省成教先进单位。1992 年，有中学生 799 人，辍学 91 人，为 11.9%；小学生 3477 人，辍学 38 人，为 1.35%。小学入学率为 98%，普及率 95%，巩固率 98%，毕业率 97%。农村成教工作，仍以给农民办中短期培训班为主，另外继续扫盲工作，共办高、中、低级短训班 35 期，参加人数 1874 人次，完成扫盲 9 人。1993 年，教育工作重点是加强普及六年义务教育和成人教育、职业教育，"四率"（入学率、巩固率、普及率、毕业率）都有提高，全镇中小学已无辍学现象。加大了基础建设投入，新建的达夯小学正式使用，完成摆托、思潜、杨眉、龙井等校的修建配套工程，新置课桌 600 套，办公桌椅 54 套。是年全镇"普六"达标，教育事业发展进入历史最好阶段，已有小学 14 所（中心完小一所，村级完小 7 所，初小 6 所），教学班 102 个（中心完小 19 个班，村级完小 60 个班，初小 19 个班，其他 4 个班），教学点 3 个班，小学覆盖率全镇已达 100%，在校生 3577 人；另有弱智班 1 个，学生 14 人。适龄儿童 98%，双科合格率 58%，学前教育率达 65%，达到市教育部门的要求。青岩、杨眉、歪脚、摆托、新哨、思潜、达夯、龙井 8 所小学各项指标也达义务教育市级标准。是年中学在校生 861 人，培训农技人员 3000 人次，骨干 150 人次。全年基础建设资金投入 26 万元，用于维修龙井、新关、二关、大坝小学校舍共 700 余平方米，解决思潜、新哨、杨眉小学辅助用房 430 平方米，新修摆托小学校舍，各校水泥操场、球场 1700 平方米；增置、更新课桌 700 套，办公桌椅 44 套和大批教学仪器、用具等。全镇共有小学教师、职工 167 人（公办 95 人，民办 34 人，代课 38 人），专任教师 121 人（大专毕业 3 人，中等师范毕业 97 人，高中以下 21 人），学历达标率为 79.8%；教师中小教高级职称 10 人，一级 38 人，二级 44 人，三级 11 人。学前教育有幼儿园 2 所、幼儿 393 人，其中公办、民办各 1 所；学前班 9 个，幼儿 264 人。青岩幼儿园已达二类幼儿园标准。

　　20 世纪 90 年代中后期，是巩固实施六年义务教育时期，全镇教育工作走入正轨，学校实行校长负责制，对管理实行优化组合，并逐步实行教师聘任制；工作重点仍是抓紧教师思想品德业务素质培养，继续实施"燎原计划"，抓好成人教育，贯彻执行《教师法》、《未成年人保护法》。1994 年，入学率 98.3%，巩固率 98.1%，普及率 98.8%，毕业率 98%；学前教育率 84.1%，比以往大幅度提高。办学条件进一步改善，投资 5.7 万元，改造土地关、山王庙教学点用房各 130 平方米，维修二关、大坝教学点教学用房分别为 120 平方米、15 平方米，新修达夯校门前水泥路 150 米，新哨操场 50 平方米。全镇有 19 名教师受到市、区、镇政府的表彰。1995 年，"普六"工作达标，全镇适龄儿童入学率 99.3‰，15 周岁完成率 98.7%，残疾儿童入学率97%，在校小学生巩固率99.8%。是年全镇有小学15所，教学点2个，103个班级，学生共3760人，教职工180人。这一年扫盲工作是全年教育工作重点，镇成立了高标准的扫盲领导小组，对全镇人口的文化结构进行调查清理，一村一组一户一人地核实查对，全镇共有青壮年289人，经过动员，组织201人到学校学习，以成人识字课本为教材，还开办了各种形式的扫盲班。经区有关部门初次检查，190人参加区组织的考试，及格182人。全镇1949年10月1日以后出生、年满15周岁以上人口共14040人，非文盲已达99.3%。当年财政拨款5000元作专门扫盲经费，增设教学点的教学设置如教室、课桌、黑板等。一年来办了各种成人教育培训班109期，培训7774人次。1996年，镇对农村小学教育投资8万余元，用在维修新哨、达夯等校教学楼，新建摆早小学教学点。为加强农民教育工作的领导，对成立于1988年的青岩农民文化技术学校委员会进行调整（该校已是镇成人教育中心），并在思潜、新哨、摆早、杨眉、歪脚、摆托、达夯、谷通、新楼、龙井、新关、二关、大坝13个村寨建立了教学点，常年对农民进行文化、技术方面知识的传授、教育。

在"普六"的基础上，镇财政在教育经费的开支上，又加大了对"普九"的投入，在1994、1995、1996年三年中，年年都有增长，经常性投入1994年214.12万元，比上年（1993年）增长16.4%；1995年是276.19万元，增长28.99%；1996年是296.42万元，增长7.32%。财政预算拨款1994年81万元，增长22.07%；1995年85.62万元，增长31.09%；1996年92.62万元，增长8.17%。公用经费占当年教育经费支出比例1994年为4.13万元，占5.11%；1995年6.51万元，占5.85%；1996年5.63万元，占5.91%。另外三年收取教育附加费1994年为8.15万元，1995年11.8万元，均用于发展教育事业。一些特殊经费，如社会各界捐资集资的"希望工程"、"1＋1"、手拉手和农村自筹资金等款项，1994年为4.2万元，1995年1.8万元，1996年5.1万元，都用于"普九"工作。2003年农村税费改革后，转移支付资金中有50%均用于教育事业。

## 附录　青岩教案

清咸丰年间，青岩发生地方团首赵畏三杀死天主教徒事件。事情传到贵阳，贵阳天主教神甫、法国人胡缚理告到法国驻中国使馆，法国公使哥士耆照会清总理衙门，提出抗议，要求严惩凶手。此事震动了慈禧太后，即派出几位钦差大臣赴贵州处理查办此案，经几番周折，历时数年才了结此事。这即是中国近代史上有名的"青岩教案"。

### 一　起因

清咸丰十一年（1861 年）3 月 20 日，天主教贵州教区主教、法国传教士胡缚理接法国驻清公使寄来的、由清总理衙门发给贵州传教士的"护照"，便决定持护照会见贵州军政官员，以取得贵州官府正式承认，享受传教特权。为显示其高贵、体现其气派，胡缚理乘坐紫色肩舆（轿子），穿上特殊服饰，带上百余人，由教会外事司铎（翻译）任国柱陪同，前往会见贵州巡抚何冠英。因何刚到任，初次接触外国人，不知如何对待。而胡态度极其傲慢，见到何仅作揖了事，并出示护照，要何接受和承认他的传教特权。何及其下属对此极为反感，稍以谴责，婉转拒绝。胡没想到是此结果，悻悻而退，随即往谒贵州提督田兴恕。田兴恕已知胡在巡抚衙门前之表现，也讨厌其做法，十分不满，故也不愿见他，传话稍等。胡等达一个时辰仍未得见，而其排场过大已引起贵阳城内民众注意，行人纷纷围观，一时间情形已显混乱。此时又值军士换班，胡及任国柱心存疑惑，更看见人们交头接耳，以为有变，慌忙逃回。围观民众追随至天主教堂，并涌入教堂观看，好久才散。田兴恕事后认为胡大讲排场，太过分，与抚、督分庭对抗，造成了不好政治影响，便与何冠英商量，责成贵阳知府多文警告胡缚理。多文与胡的代表任国柱在府衙对峙辩论，任要挟官府按约办事，要求尊重传教特权；多文指责其傲慢无理，双方无结果而散。胡见其"特权"不能得到贵州官府承认，使派教士梅西满往四川与四川教会商议对策。田兴恕知道后派兵追赶，无功而返，更是不快。是时，贵州农民起义声势浩大，何、田二人因"剿办"不力，亦十分恼火，而田兴恕认为教会与农民起义一样，也应扑灭。

咸丰十一年（1861 年）4 月，田兴恕三次派兵到天主教北堂查抄，官兵驱赶在进行宗教仪式的教徒，抄走经书、圣像和其他物品，胡缚理无法阻止，只有继续向北京公使馆告急，要公使向清政府抗议、交涉。田兴恕又与何冠英商议后，联名向全省发出"秘密公函"，在贵州掀起反洋教斗争。"秘密公函"是扑灭天主教在贵州的动员令，也是青岩教案的最终起因。

### 二　发生和经过

胡缚理在青岩传教并在姚家关修建大修院，派来传教士白伯多禄。白在青岩，结识当地实权人物团总赵畏三（国澍），相互往来，赵对白言听计从，也支持、协助其传教，得白好感，青岩也成为天主教在贵阳传教的理想地区。

赵畏三接到贵州军政首脑何冠英、田兴恕的"秘密公函"后，设身处地一想，恐慌万分。"秘密公函"中"倘不经心，听任传习，一经查出，咎亦非轻也"的警告，使赵畏三担心与传教士的关系被发觉而受惩处，便改变态度，决定抢先在青岩执行"秘函"，以表其对何、田之忠诚。是年端午，青岩百姓按习俗走出家门"游百病"，一些人走到姚家关，一群小孩在大修院门口随便地喊着"火烧天主堂，洋人坐班房"的口号。大修院守门人罗延荫及4个修生（中国人）出来驱赶老百姓，双方发生争吵。赵畏三得知消息，感到机会难得，便派出团练将大修院围住，将4个修生逮捕，押解到团练局。赵对4人指出，必须放弃信教，脱离洋人，否则处死，并叫转告白伯多禄。4修生回大修院将情况告诉白伯多禄，白等人顿时胆战心惊。次日即逃至杨眉、高寨躲藏。5天后赵畏三不见大修院答复，派团练查看，已人去院空，即将看门人罗延荫及另外未逃走的修生张文澜、陈昌品3人抓回。反复训诫后3人仍不表示放弃信教，赵便将3人关押，白伯多禄等人得知后逃往贵阳。

赵又派出团练前往姚家关大修院，将院内书籍、用品、衣物等抄走，纵火烧房，然后将全部情形飞报田兴恕。田喜出望外，见"秘函"竟在青岩得到实施，立即提升赵为全省团务总办，兼青岩团总。胡缚理知道后，两次写信给何、田二人，要求释放罗、张、陈3人，何、田不予理睬。胡又写信给在重庆的公使馆秘书德拉马，请求其来贵阳交涉。由于贵州农民起义风起云涌，德拉马不敢来，只以法国公使馆名义写信给田兴恕，压田放人。田认为洋人以条约相恫吓，更是不予理睬将信退回。胡又告到北京法国公使馆，法国公使哥士耆便照会清总理衙门，总理衙门答应派人查实后究办。田兴恕更愤怒，便密命赵畏三马上处理在押的张等3人。赵执行田之密令，派团练将张文澜、陈昌品、罗延荫3人解往北门外谢家坡斩首，同时斩首的还有大修院女厨教众王玛尔太。事后，姚家关大修院被捣毁。

### 三 谈判与结果

事件发生后，胡缚理立即以违背合约、破坏传教特权向田兴恕提出抗议，要求严惩凶手；另向公使馆申诉贵阳地方官杀害习教人员、烧毁教堂情况，主张惩办田、赵二人。法国公使哥士耆接胡报告后，见事态严重，立即照会清总理衙门，并提出十二条赔偿要求，主要内容是将田、赵二人革职问罪，斩首抵命；给被害人及家属抚恤赔偿；安葬被害人并立牌坊；修复教堂，清还、赔偿被抄物品等。时值法国政府钦差大臣布尔布隆在北京，知事后一面报告法国政府，一面责成哥士耆迅速交涉。时清政府总理大臣奕䜣见事闹大，对法公使所提一一照办，并经请示后派人员到贵州查办，又咨文田兴恕让其据实奏报。复照哥士耆后，哥仍坚持原有照会，双方争辩不息。奕䜣终究屈服，以朝廷谕旨名义，命两广总督劳崇光办理此事。哥士耆又到广州与劳商议，仍坚持将凶手斩决，措词强硬，决不更改。劳崇光与奕䜣一样，对哥士耆的要求也是照办。在法国逼迫下，清政府同意将田兴恕等人按律法办。正在办理期间，劳崇光与贵州巡抚张亮基合奏称，鉴于贵州的特殊形势，应派员与胡缚理"通声气，排解一切，方是以收维持调护之功"，并推举贵筑知县蔡兴槐为代表与胡交涉。清政府同意劳、张奏议，蔡即与天主教徒易正升前往，与胡缚理多次交涉，晓之以理，动之以情，胡缚理始有缓和之意。蔡兴槐又建议劳崇光、张亮基利用胡与兴义、安龙、贞丰一带回民起义军的关系，委任其为安抚官员，赏其官衔，派为钦差安抚大臣，安抚回民起义军，以满足其私欲。胡得此官差，很是得意，便函报公使馆，称清政府"优礼有加，对保护教权有利"等，同意青岩教案酌情放宽，由清总理衙门办理。其间形势发生变化，法国公使换人，哥士耆回国，几年后因贵州又发生"开州教案"，情况复杂，更难对付。由于胡缚理态度转变，劳崇光、张亮基又将审讯田兴恕的罪名拟出，清政府也降旨判决。法国公使看了判决内容后，为缓和矛盾，也表示这样的处理不错，不再坚持杀田，认为"保全田兴恕，等于将来保全传教士"，只需赔偿即可，还表示将协助清廷了结此案。

青岩教案经过三年时间的处理，终于在同治三年（1860年）有了结果：田兴恕革职充军，流放新疆，永不起用（实际田只到陕西后便由左宗棠保奏于同治十二年回原籍湖南终老）；赵畏三战死不议；须发和约，以告示形式在贵阳张贴20张（和约允许传教士有传教特权），赔偿白银6000两（死者

4 人各 250 两，教堂 5000 两）。事后于同治六年（1867 年），在贵阳地方当局的保护下，贵阳天主教堂又派出神甫前往青岩，并由官府支持，修建了教堂一座，传教士住房一栋，男女学堂、医院各一所。官方表态今后不再发生破坏天主教等不友好之事。此后，青岩天主教正常发展。

# 第八章

# 国民经济和社会发展未来规划

进入 21 世纪以来，青岩镇的发展备受关注，镇党委、政府确立了把青岩镇建成"文化名镇、旅游大镇、经济强镇、优美乡镇"的目标，打造为中国最具魅力和活力的高原古镇。"十一五"时期，是青岩镇全面建设小康社会的关键时期，具有承前启后的历史作用，经济和社会发展将面临前所未有的战略机遇，全镇经济社会发展将进入全面提升综合实力阶段。"十一五"时期，也是青岩镇建设"文化名镇、旅游大镇"，实现"经济强镇、优美乡镇"的攻坚时期，也是全面建设小康社会，建设社会主义新农村，构建和谐社会的重要时期。制定一个切实可行的"十一五"规划，作为全镇人民努力实现经济社会发展历史性跨越的共同纲领，具有十分重要的意义。

《青岩镇国民经济和社会发展"十一五"规划》是为了实现青岩镇社会经济的可持续发展，青岩镇党委、政府组织力量，在对全镇自然资源和社会经济条件进行系统、全面调查和分析的基础上，结合青岩镇的实际情况编制而成的。规划的编制以中央和省市区对"十一五"期间国民经济和社会发展的总体安排部署为指导，以镇党委、政府确立的"十一五"期间的主攻方向为基础，在对全镇经济社会发展现状和发展趋势进行分析的基础上编制而成。

## 第一节 "十五"时期国民经济和社会发展的回顾

从"十五"到"十一五"期间，是全面贯彻落实科学发展观、加快小康社会建设、实现青岩镇经济社会发展历史性跨越的关键时期。2001—2002

年，市委、市政府斥资 3000 余万元对古镇进行抢救性恢复建设及完善部分基础设施建设，古镇风貌凸显，旅游业进入起步阶段。2003—2005 年，镇党委、政府围绕旅游抓城镇建设、文化产业发展等社会各项事业，明确提出了"把青岩镇建设成为文化名镇、旅游大镇、经济强镇的奋斗目标"，实施旅游兴镇带动战略。2005 年，青岩镇参加了中央电视台举办的"魅力中国·魅力名镇"评选活动，经过激烈的角逐，青岩镇入围决赛，并获提名奖，通过中央电视台 60 分钟节目展播，青岩镇的知名度有了较大提高。2005 年，青岩镇还被建设部、国家文物局命名为"中国历史文化名镇"，成为我省第一个全国历史文化名镇。2005 年 2 月 10 日下午，中共中央总书记、国家主席胡锦涛视察青岩古镇，并与古镇人民共度新春佳节。对青岩的发展，总书记提出了"保护好开发利用好，做大做强旅游，促进地方经济发展，让更多群众得到实惠"的指示精神，总书记的关怀为青岩镇人民建设美好家园增添了信心和动力，也为青岩镇指明了发展方向。市、区的"十一五"规划对青岩的发展给予高度重视。青岩镇即将迎来发展的历史性机遇，确立了"十一五"时期的主攻方向为"把握历史机遇，舞活旅游龙头，实现跨越发展，做大做强旅游"，把青岩打造成全国最具魅力和活力的高原古镇。

"十五"期间，青岩镇以邓小平理论和"三个代表"重要思想为指导，全面贯彻科学发展观和构建社会主义和谐社会的重大战略思想，全镇上下进一步深化镇情认识，紧紧抓住青岩古镇恢复建设和西部大开发的历史机遇，坚持以人为本的科学发展观，围绕发展这个主题，全镇人民努力奋进，开拓创新，经济社会持续、快速、健康发展，较好地完成了"十五"计划，为今后又快又好发展奠定了良好基础。

1. 国民经济持续快速协调健康发展，综合实力显著增强。2005 年全镇地方生产总值达 2.586 亿元，其中第一产业增加值达 7940 万元，第二产业增加值达 6270 万元，第三产业增加值达 11650 万元。财政收入将达 540 万元，比 2000 年的 201.4 万元增长 2.68 倍。农民人均纯收入达 3595 元，比 2000 年 2628 元增长 36.8%。

2. 基础设施建设取得突破性进展，城镇面貌发生巨大变化。抢抓国家西部开发基础建设、古镇恢复建设、贵惠公路建设等现实机遇，解决了新关、大坝、新楼、山王庙等村的人畜饮水工程，80% 以上的村民饮上了安全卫生的自来水，广大群众的身心健康得到基本保证，村容村貌和村寨道路进一步得到了改观。完成沼气池建设 260 口，进入全国历史文化名镇的创建行列；

完成了新哨、杨眉、歪脚、思潜四个村 8 公里的农村进户路改造，完成了危房改造 32 户，灾民建房 20 户，完成了思潜村中低产田改造农业综合开发项目，完成了摆早村蒙贡站、西街村西街站、达夯村坡六塘站的改造及协调工作。对达夯土地关、蒙贡弓腰道路三期工程进行改造，对民族村寨山王庙村大八块进寨道路进行硬化等工程，完成了思潜、大坝等村的生态示范村建设。完善了辖区内部分基础设施，实施了镇中心环境整治、南北停车场建设、改善镇中心居民饮用水、龙泉寺二期工程及拆迁安置房修建、文化广场改造、横街改造、大街小巷路灯的安装、南北街景区景点指示招牌、旅游公厕等工程。全社会固定资产投资完成 5800 万元，比 2000 年的 1489 万元增长 2.08 倍；招商引资达成 2400 万元。

3. 经济社会协调发展，各项事业全面进步，人民生活水平进一步提高。文化、教育、计生、卫生硬件基础设施建设基本完成，计划生育、殡葬改革、社会治安综合治理迈上新的台阶，其他各项社会事业和民主法制建设得到全面加强。

4. 经济结构战略性调整取得重要进展，农业的种养殖业的科技力度进一步加大。水稻良种种植率和规范种植率达 100%，建立了新哨至谷通一线千亩黄花梨基地、杨眉至摆托千亩鲜果基地，新关 500 亩、歪脚 200 亩高标准园田化等示范性项目；农业基础设施建设得到明显加快，农业基础地位得到巩固和加强，农村经济得到稳步增长；交通通信、农村饮水、城镇居民居住环境等基础设施建设明显加快。

5. 在看到成绩的同时，还必须清醒地认识到青岩镇在发展进程中，也存在一些困难和问题：经济总量偏小，人均水平低，经济增长的质量和效益不高，区域发展力和产业竞争力还不强；工业化水平低，经济增长方式粗放；旅游产业不够成熟，在发展过程中还存在许多与旅游景区不和谐的制约因素；规划滞后，项目的前期准备工作薄弱，城镇基础设施不完善，经济发展空间受到的制约较大。

# 第二节　总体思路和发展目标

## 一　国民经济和社会发展的总体思路

"十一五"时期，全镇经济和社会发展的总体思路：坚持以邓小平理论和"三个代表"重要思想为指导，坚定不移地以科学发展观统领经济社会发展全局，加快经济增长方式的转变和经济增长能力的提高，促进镇、村及社会各项事业协调发展，加强社会主义新农村建设，构建和谐社会，不断深化改革开放，坚定"文化名镇、旅游大镇、经济强镇、优美乡镇"四大定位，着力实施旅游兴镇带动战略，按照保护古镇文化区、城镇（旅游）配套建新区、产业（加工业）发展在西区的城镇布局的规划要求，实施"山镇水乡、魅力青岩、绿色青岩、金色青岩、平安青岩、数字青岩、和谐青岩"的七大计划，统筹协调社会各项事业全面发展，把青岩打造为全国最具魅力和活力的高原古镇。

**二　国民经济和社会发展的总体目标**

"十一五"期间，青岩镇经济和社会发展的总体目标是：到2010年在优化结构、提高效益和降低消耗的基础上，社会生产总值达到8亿元，力争在"十一五"末综合排位在全区乡镇前列，社会生产总值力争比"十五"末翻一番，提前实现总体达到全面建设小康社会的目标；资源利用效率显著提高，单位生产总值能源消耗比"十五"期末降低25%左右；生态环境保护和优化得到进一步加强，形成一批竞争力较强的绿色产品、建材产品优势企业；普及和巩固九年义务教育、城镇就业岗位持续增加，社会保障体系比较健全，贫困人口基本消除，城乡居民收入水平和生活质量普遍提高；古镇基础设施建设和文物景点全面恢复，城镇建设取得突破性发展，青岩新区初具规模，城市化水平较大提高；城镇和农村居住、交通、教育、文化、卫生和环境等方面的条件较大改善，民主法制建设和精神文明建设取得新发展，社会治安和社会生产状况好转，构建和谐社会取得新的进步。

**三　国民经济和社会发展主要指标**

（一）经济发展主要预期目标

1. 生产总值，年均增长15.5%左右，力争突破17%，到2010年前达到8亿元左右。其中，第一产业增加值年均增长8.5%，第二产业增加值年均增长20%，第三产业增加值年均增长20%。

2. 财政收入，年均增长20%左右，到2010年达1080万元。

3. 社会固定资产投资，年均增长40%左右，到2010年达到1.6亿元，"十一五"累计达到4.6亿元。

4. 招商引资实际到位资金，年均增长30%，到2010年达到9000万元，

"十一五"期间累计达到 2.8 亿元。

5. 非公有制经济增加值占生产总值的比重，到 2010 年到达 70% 左右。

6. 三次产业结构，到 2010 年调整为以第三产业占主体，预期调整为 9.8:42.6:47.6。

（二）社会协调发展主要预期目标

1. 城镇化率，每年提高 2—3 个百分点。

2. 人口自然增长率，控制在 7‰ 以内。

3. 城镇登记失业率，控制在 4% 以内。

4. 高中阶段入学率，每年提高 4% 以上。

5. 平均期望寿命达到 75 岁。

（三）居民生活质量主要预期目标

1. 城镇居民可支配收入，年均增长 10%。

2. 农民人均纯收入年均增长 10%。

（四）资源和生态环境主要预期目标

1. 城镇生活垃圾无害化处理率，到 2010 年达到 100%。

2. 城镇生活污水处理率，到 2010 年达 100%。

3. 全镇森林覆盖率到 2010 年达 50%。

4. 万元生产总值综合能耗比"十五"末期下降 20% 以上。

（五）公共服务主要预期目标

1. 安全饮用水普及率 2010 年达到 95% 以上。

2. 农村每千人卫生机构数 2010 年达到 1 个。

3. 农村新型合作医疗保险参保率 2010 年达到 90% 以上。

4. 城镇基本医疗保险覆盖率 2010 年达到 90% 以上。

## 第三节　实施七大计划统筹城乡发展

### 一　实施"山镇水乡"计划

"十五"计划的五年，旅游业逐渐成为青岩镇社会经济的主导产业，其核心资源品牌就是青岩古镇。因此，城镇建设的好坏，直接影响青岩镇经济社会的发展，保护古镇和合理开发建设是青岩镇全面建设小康社会的基础。青岩镇将按照区委提出的"保护（古镇）核心区，配套（旅游）东区，发展（产业）西区"的总体思路，按照城市建设交相辉映的指导要求，实施

"山镇水乡"计划，把青岩打造成为中国最具魅力的高原古镇。

（一）组织实施好"青岩古镇三期"保护修复建设项目。以文物古迹、历史建筑、古民居为主要内容的历史建筑修缮工作，争取资金5000万元，完成东西城楼、城墙、天主教堂、基督教堂、川祖庙、张公馆、彭公馆、药王庙、黑神庙及北古驿道等项目的建设，力争2010年基本完成青岩古镇整体风貌的恢复抢救工作。

（二）启动新区建设，布局城镇功能。建设新区一方面解决农产品交易与旅游业发展争空间的矛盾，另一方面也是处理好古镇与居民改善生活生产需求矛盾的有效措施。青岩是中国历史文化名镇，有600多年的历史，其城镇发展是一种尊重自然和谐发展方式。因需生长模式形成今天"天人合一"的高原古镇形态，这也应是未来青岩城镇的发展方式。青岩新区选址于东面，形成以水为核心的新城，内有蜿蜒的玉带河，地势相对平坦，新区东西两侧为山，与古镇自然隔离，南北两面为延伸平地，自然环境优越，并与古镇交相辉映，整体概念上突出了青岩高原风貌为主的山水石头城，构成了自西向东的"自然环境景观区"、"古镇历史文化风貌区"与"生态和谐发展区"的一脉相承的承接模式，新区建设需财政性资金4000万元。

（三）加大景观环境整治力度。一是加强生态环境保护，在古镇内外山头封山育林，植树造林，实施好黄家坡、下寨山、阁上山及玉带河的绿化整治工程；二是实施101省道街景整治，青马、青高线两侧环境整治；三是按照功能分区的布局，新城沿袭农贸交易集散功能，搬迁农贸市场，腾出旅游发展空间，保持古镇宁静、优美的环境；四是加强城镇管理工作力度，规范经营秩序，整治城镇环境卫生，取缔整改影响古镇风貌的广告牌、标语等。

（四）加强基础设施配套和完善，积极投入资金5000余万元，完成给排水及污水处理站，南北入口停车场，东、西街、商业街、油榨街等街道的改造，新建公厕4座，改造2座，完成古镇强弱电管网系统的改造。加大招商引资力度，结合新区布局，支持投资商建设与旅游配套的酒店、宾馆、娱乐休闲项目。

## 二　实施"魅力飞扬"计划

青岩旅游产业的发展，最具魅力的就是文化，古镇旅游的核心就是文化旅游。"十一五"期间，青岩镇将继续实施青岩古镇旅游规划，结合花溪"大地之舞"计划，做好文化这篇大文章。

（一）加强对古镇文化旅游资源的整合和保护，挖掘古镇文化内涵，完善以文昌阁、赵公专祠、青岩书院和中心广场为主体的核心文化区建设；以定广门城墙和内城墙、大茨窝炮台、黄家坡为主线的军事文化区建设；以迎祥寺、慈云寺、万寿宫、基督教堂、川祖庙所在区域为主的宗教文化区建设；以状元府、张公馆、北街沿线形成的状元文化区建设。对古镇各文化区域进行科学合理的规划，把古镇建设成为集中展示老贵阳的风土人情、建筑文化、军事文化、革命文化、宗教文化、饮食文化的"文化万花筒"，体现青岩古镇"文化万花筒"的品牌和三种文化现象（全、神、霸）的特色。

（二）结合周边乡镇旅游资源的特色，发挥青岩古镇在全国知名度的优势，整合花溪南部旅游资源，形成以青岩古镇为核心景点包括高坡苗族风情，党武、燕楼夜郎文化的"青岩魅力一日游"旅游线路。

（三）通过招商引资建成杨眉林海休闲园、玉带河贵州民族文化园等新的旅游景点，延续古镇旅游，拉长产业链，建精品旅游区，力争 2008 年前通过国家 4A 景区验收。

（四）依托已拍摄的《寻枪》、《长征》、《阴阳关·阴阳梦》、《浪漫女孩》、《聊斋》等影视作品的宣传，与中国导演家协会携手共建高原影视外景基地，配合创造出更多的影视作品。

（五）针对贵阳市民双休、节假日休闲消费市场，积极发展乡村旅游，带动农民增收，建成思潜山水田园农业旅游区，新哨、谷通、达夯等村的果园"农家乐"示范村，大坝、龙井的"乐在农家"庭院经济示范村。

（六）围绕旅游吃、住、行、游、购、娱六要素，完善旅游配套设施建设。规划发展有青岩文化特征的旅游小商品。结合古镇文化特点，建成以经营古玩、字画、花鸟为主体的"大天井古玩城"，提高旅游接待能力和服务水平，扩大和提升旅游消费空间。

（七）加强旅游推展营销。第一，充分利用省内各大旅行社旅游营销推展资源，围绕"魅力青岩"、"浪漫花溪"、"古镇万花筒"、"寻枪拍摄地"、"中国高原古堡—山水石头城"等旅游推展概念，加强宣传筹划，不断壮大省内外、国外游客市场。第二是凭借"中国历史文化名镇"的品牌效应，向建设部、国家文物局倡议成立中国古镇（名镇）保护与开发协会，并申请承办首次"中国古镇论坛"，加大和提高青岩古镇的影响力和知名度。第三是营造良好的旅游环境，树立良好的旅游形象，借助各类媒体的宣传和影响，充分展示古镇文化的独特魅力，实现投入少、宣传效果好的目标。第四是积极对接和参与"荷花奖"、"花溪之夏"等区内举办的大型文化活动,不同时期适时推出"古镇庙夕"、"玫瑰之约"等主题旅游文化活动,为古镇文化造势,强力推展青岩的旅游形象。

### 三　实施"金色青岩"计划

结构单一是导致青岩镇经济总量小、财政收入低的重要原因之一。总结过去的经验,可以发现,发展绿色食品加工业是旅游发展和青岩农特产品开发的桥梁和纽带。因此,抓好工业是富民强镇的必然选择。

(一)按照产业发展在西区的设想,借助桐罗公路建设,将桐罗公路沿线的大坝、龙井、西街、新关、南街、新哨等村建设成青岩绿色食品加工区。开发青岩特色食品(玫瑰糖、鸡辣椒、豆制品系列、水盐菜、古镇米酒、青岩猪蹄等),形成特色食品的产业和标准化生产,构建青岩旅游小商品加工产业。

(二)加大非公经济发展,扶持重点品牌,对现有的万利佳食品厂、黄家玫瑰糖、王老妈卤猪脚和老青岩风味食品厂等具有潜力的企业,给予政策、资金等扶持,为其企业成为上规模、上档次的龙头企业做好服务,增强特色产业竞争力。

(三)对现有的两个高耗能黄磷厂和一个水泥厂按花溪产业发展布局的要求,促进改造、转产,进一步优化青岩镇生产力布局,改善古镇生态环境。

(四)围绕花溪建设全国农产品加工基地的目标,配合完成好区"十一五"绿色健康产业计划,实施"十、百、千"工程,加快基地建设农产品种植,加大招商引资力度,积极引进国内、省内知名企业投资办厂,壮大工业总量,促进青岩镇经济结构调整,使青岩镇三、一、二经济结构模式向三、二、一结构模式转变。

### 四　实施"绿色青岩"计划

生态优越是旅游持续发展的基础,是青岩古镇旅游品牌的重要组成部分。按照中央十六届五中全会提出的建设社会主义新农村建设的目标要求,紧紧围绕"生产发展、生活富裕、乡风文明、村容整洁、管理民主"的二十字方针,以产业结构调整为主线,促进种植型单一农业向综合农业和生态农业转变,促进生态保护和农民增收,夯实社会主义新农村建设基础。

（一）加强生态建设和保护。一是继续实施退耕还林和荒山造林，加大森林的管理和保护力度，使青岩镇森林覆盖率由现在的30%到2010年上升到45%；二是实施畜、禽、沼、果、种植立体化循环生态农业计划。以生态经济示范村建设为载体，建设社会主义新农村。

（二）加强乡村规划，科学合理布局。加快农村基础设施建设，完成鼠山、二关公路建设，改造摆早等进村道路质量，全面实现进村道路的油化硬化，继续抓好以"水、电、路、气、房、林、电视、电话"为主要内容的农村基础设施建设，进一步改善农村生产生活条件，着力抓好农田基本建设和水利设施建设，完成杨眉水库的综合开发、翁拢水库抢险加固和全镇农业灌溉沟渠维修等，继续实施好国家农业开发项目——思潜村优势农产品基地建设，巩固歪脚、北街水盐菜种植加工，新哨、南街豇豆种植，达、谷、新破季豌豆尖，大坝胡萝卜等现有种植基地，并以此为基础，加大科技支撑，通过产业加工，增加农民收入。

（三）发展乡村旅游，丰富农民收入结构。政府规划扶持农户经营"农家乐"、"城乡乐"、"果园乐"、"农家田园乐"等示范户，吸引贵阳市民，推动古镇旅游向乡村旅游深入。

（四）大力发展畜牧产业，把畜牧产业、养殖业作为青岩镇"十一五"期间农业结构调整重点发展的产业，按照花溪区"十、百、千"计划，充分发动有条件的农户积极参与。重点扶持好现有的车二平、颐老二、赵金战等养殖大户，通过他们发展畜牧、养殖业，示范带动广大农户。

（五）建设青岩农产品产地批发市场，使之成为贵阳市重要农产品市场之一，为农产品销售创造较好的条件，加强产业信息化服务，完善农村社会服务体系。

### 五　实施"平安青岩"计划

进一步加强平安青岩建设工作，深入推进社会治安综合治理，正确处理人民内部矛盾，建立健全社会纠纷调处和社会利益协调机制，提高保障公共利益、处置突发事件和化解风险的能力。强化社会治安综合治理，严厉打击各种非法活动和犯罪活动，依法处理和取缔各种邪教组织，坚决扫除"黄、赌、毒"等不良社会性现象，确保一方平安，为青岩人民和投资旅游者创造良好的社会治安环境。

（一）完成全镇平安村寨创建工作。

（二）全面实施"一岗双责"为主要内容的维护社会稳定的工作机制。

（三）全面加强治安和维护社会稳定工作，以治安防范为重点，坚持"打防结合、预防为主、标本兼治、重在治本"的方针，深入开展"严打"整治斗争，推进防控体系的建设，建立健全"创平安、保稳定、促发展"的长效机制，创造居住在青岩、创业在青岩、平安在青岩的良好环境。

（四）建立预防青少年违法犯罪工作长效管理机制，深入开展"扫黄"、"打非"斗争，净化青少年健康成长环境。

（五）从硬件入手，加强以现代科技为手段的安全防范体系建设。

### 六　实施"数字青岩"计划

配合区实施的数字花溪工程，全面完成各村的光缆干线铺设，改善全镇信息化基础条件，扩大农村有线和无线通信覆盖率，实现村村通广播电视和网络。利用网络优势，按照行业特点和行业要求，通过数字工程在社会经济生活中的广泛应用，全面推进社会事业信息化，统筹社会各项事业加快发展，促进青岩镇社会信息化进程。

### 七　实施"和谐青岩"计划

（一）加快教育事业发展。切实把教育摆在优先发展的战略地位，按照"巩固、深化、提高、发展"的要求，不断提高教育质量和办学水平；强化教师队伍建设，全面推进教育信息化；以农村义务教育为重点，继续实施中小学危房改造、农村寄宿制学校建设。

（二）加快计生事业发展。坚持计划生育基本国策，制定和实施切合镇情的人口发展战略。创新工作思路和工作方法，严格控制人口增长，努力降低生育水平，力争到2010年人口自然增长率下降到6‰左右。实施出生缺陷干预工程，提高出生人口素质，改善人口结构。加强基层计生服务网络建设，提高技术装备水平和服务能力，实施农村计划生育家庭奖励扶助制度，强化鼓励计划生育的利益导向。加快人口计生信息化建设和新型生育文化建设，做好人口计生宣传工作。加强流动人口计划生育管理和服务，促进人口的有序流动和迁移。重视人口老龄化问题。

（三）加快卫生事业发展。加强农村医疗服务和公共卫生设施建设。改善农村医疗卫生条件，基本建立农村新型合作医疗制度，健全完善农村特困群众医疗救助制度。

（四）加快其他各项事业发展。

（五）切实加强安全生产。坚持安全第一、预防为主、综合治理，高度重视安全生产，完善和落实安全生产责任制，强化安全监督管理。切实抓好非煤矿山等行业的安全生产。加强安全设施建设，进一步落实消防安全责任制，加强消防安全基础设施和消防队伍建设。

# 第四节　建设社会主义新农村

把解决"三农"问题作为经济工作的重中之重。坚持"多予、少取、放活"，紧紧围绕农业增产和农民增收，加强农业基础设施建设，提高农业综合生产能力，积极推进农业产业化，全面繁荣农村经济。按照生产发展、生活宽裕、乡风文明、村容整洁、管理民主的要求，坚持从实际出发，尊重农民意愿，扎实稳步推进社会主义新农村建设。认真组织实施"6543"工程，加大对农业农村投入。通过绿色产业计划的组织实施，解决农民和农村加快发展的同时，重点抓好农村基础设施建设、村级经济发展和深化农村各项改革三项工作。到2010年，第一产业增加值达11149万元，年均增长7%；农民人均纯收入达5781元，80%的村寨建成社会主义新农村。

## 一　完善农村基础设施建设

继续抓好以"水、电、路、气、房、林、电视、电话"为主要内容的农村基础设施建设，进一步改善农村生产生活条件。提升农村远程教育和广播电视村村通，加快以农村卫生、教育、文化、计生为重点的农村公共事业建设，加强农村公共卫生基本医疗服务体系建设，基本建立新型农村合作医疗制度；完善动物疫病防治体系。完成村级计生室、卫生室、文化室的建设和基本功能配置。加快推进"双高普九"，实现农村义务教育全部免费，加快农村职业教育，每年转移农村富余劳动力1500人以上。

## 二　加快村级经济发展

认真贯彻落实各项农村经济政策，在稳定以家庭承包经济为基础、统分结合的双层经营体制前提下，深化农用地产权制度改革，规范土地流转制度，发展多种形式的适度规模经营。鼓励村委会依法创新，组织集体土地、其他集体资产和村民资产，成立公司和各种经济联合体，以入股或租赁等方式与外来投资者联合办企业。支持村委会利用荒山、荒坡等集体土地通过依法拍卖、租赁等形式，发展种植、养殖、生态林业、景观林业，发展壮大农村集体经济，增加农村集体经济收入，增强村级集体经济组织的服务功能。鼓励区位条件好、符合规划和环保要求的村发展乡村旅游业。

## 第五节　深化经济改革推动国民经济社会发展

### 一　大力发展非公有制经济

结合青岩镇地理优势、旅游优势、饮食文化优势等大力发展非公有制经济，鼓励非公有制企业和非公资本不限投资方式，从政策上、资金上给予扶持。加大集体企业的改革改制。引导个体、私营企业制度创新，加强对非公有制企业的协调服务，探索适合非公有制经济发展的社会保障体系，切实维护非公有制企业和职工的合法权益，充分发挥工商联、行业协会等的组织作用，加快技术进步，不断增强企业发展活力和市场竞争力，不断提高非公有制经济在国民经济中的比重。到 2010 年，非公有制经济增加值年均增速达 15％以上，占生产总值的比重达 75％左右。

### 二　扩大招商引资

继续围绕招商、安商、促商、护商，加快建设产业载体，创新体制机制，强化服务环境。对"十一五"期间涉及经济社会发展过程中，事关全镇发展大局和人民根本利益的重点招商项目、重点建设项目和重点工作事项目，在土地供给、基础设施建设、产业资金扶持等方面采取更加优惠的政策措施。坚持"走出去、请进来"，通过企业招商、商会招商、代理招商、以商引商等方式，引进一批大项目、强项目、名项目。到 2010 年，全镇招商引资实际到位资金年均增长 20％以上，累计达 5000 万元以上。

## 第六节　"十一五"期间计划实施的政策措施

### 一　加强执政能力建设

（一）加强执政能力建设。加强党组织和领导班子的思想政治建设、执政能力建设和业务能力建设，努力提高干部队伍的学习能力、创新能力和抓紧落实能力。严格执行民主集中制原则；进一步健全民主决策、科学决策制度，把自下而上的决策与自上而下的决策结合起来，确保重大决策的民主化和科学化。建立重点建设项目、重点招商项目、重点工作事项目落实情况的定期报告制度、督促检查制度、目标考核制度、公开监督制度和责任追究制度，修改完善财政性资金投资项目管理等工作规则，提高重大决策的执行力，确保重大决策的严格执行。

（二）推进政治文明建设。加强民主法制建设，做好普法工作。加强统一战线工作，支持工商联、无党派人士加强自身建设和充分发挥作用。做好群众团体工作，支持群众团体发挥党委、政府联系群众的桥梁、纽带作用。

（三）加强基层组织建设。巩固党员先进性教育活动成果，加强党的基层组织建设和党员教育管理，严格党内政治生活，坚持党员干部的学习报告制度，教育党员和干部进一步增强大局意识、发展意识和责任意识，鼓励干部敞开思想创新、放开手脚干事，发扬团队精神、树立整体形象。

（四）加强宣传思想工作。把宣传思想工作和精神文明建设贯穿改革发展的全过程，进行科学的理论武装，组织动员广大干部和各族群众投身改革开放的伟大实践，加强宣传工作。

（五）加强党风廉政建设。认真贯彻落实《中纪委关于建立健全教育、制度、监督并重的惩治和预防腐败体系实施纲要》，严格执行党风廉政建设责任制，切实抓好党风廉政建设和反腐败斗争的各项工作。提高贯彻执行党章的自觉性和坚定性，严格区分创新变通与违法违纪、一心为公与谋求私利的界线，鼓励开拓创新，惩治消极腐败，向党风廉政建设和反腐败斗争要发展环境和生产力。

## 二　健全规划管理体制

围绕国民经济和社会发展总体规划确定的发展目标、战略任务和重点领域等，编制相应的专项规划，有针对性地提出具体任务和目标，以及操作的实施措施。完善规划衔接机制，健全科学化、民主化的编制程序，各村、各专业规划要与国民经济和社会发展规划相衔接，形成各类规划定位清晰、功能互补、统一衔接的规划体制。

## 三　加强经济运行监测体系建设促进经济发展

加强对规划实施的监测、预警和跟踪分析，进一步健全经济运行的监测体系。实行规划执行情况的评估制度，定期跟踪规划执行情况。每季度一次的综合经济运行分析例会制度，对实施"十一五"规划中的前瞻性、全局性和战略性问题，进行定期研究和协调。建立每月一次的重点行业经济运行分析会，解决行业发展过程中的具体困难和问题。建立每月一次的经济运行情况报告制度，加强对经济的预警、预测工作，切实增强政府管理经济的预见性、科学性和有效性，促进地方经济的持续快速健康发展。

# 附录

# 青岩镇建设规划<sup>①</sup>

## 第一节　规划期限和规划区范围界定

### 一　规划期限

现状：2003 年

近期：2004—2010 年

远期：2011—2020 年

### 二　规划区范围的界定

规划将青岩镇周围与城镇密切相关的区域、油杉林，以及在环境、景观上对古镇有较大影响的地段确定为规划范围，规划区面积 6 平方公里。

### 三　城镇发展方向的确定

城镇功能向东发展，旅游功能向东北发展，产业跨过 101 省道向西发展。

## 第二节　青岩镇经济布局模式和总体思路

（一）规划提出了"点—轴"发展的经济布局，构建"中部城镇经济区"、"东南部经济区"、"东北部经济区"、"西北部经济区"和"西南部经

---

① 本部分内容摘录于《贵阳市花溪区青岩镇村镇规划》（云南省城乡规划设计研究院编制）。

济区"五个经济片区。

（二）青岩镇域经济总体布局可以归纳为"一镇一路一河五区四心"

"一镇"，指的是青岩镇作为中心城镇各项功能的培育建设。

"一路"，指的是贵阳—花溪—青岩—惠水主要经济干道，是青岩经济布局的一级开发轴线。

"一河"，指的是开发玉带河滨水旅游线、田园风光带等建设项目。

"五区"，就是指上述的五个经济发展区域。

"四心"，指的是镇域区的杨眉、思潜、达夯、大坝等四个中心村，它们是镇域经济次一级的"增长点"。

（三）青岩镇城乡一体化布局

1. 在保护青岩镇古镇的基础上发展、利用好古镇。

2. 积极发展新区，着力打造贵阳市南部旅游服务次中心。

3. 积极发展旅游产品和旅游商品。

4. 树立文化就是产业的思想，充分发挥青岩文化底蕴深厚、文化特色浓郁的优势，着力将文化产业突出成为青岩的又一经济增长点。

5. 以保护为原则，积极发展新区，使青岩成为山水型的国家级历史文化名镇。

6. 积极发展镇域东北部的旅游产业，主要发展乡村式旅游，形成多产品的复合型旅游体系。

7. 以基础设施建设为依托，建立现代化的信息服务网、科技服务网及与现代新农村配套的社会服务设施体系，在旅游路线组织上连线连片发展，形成跨区域的经济联动格局。

8. 依托良好的区域公路系统，在镇域南部建设大型集市贸易基地以及与惠水工业园区配套的服务基地。

9. 积极发展周围特色村寨的特色旅游，将旅游业与第三产业的发展作为农业发展之后的后备发展推动力。

10. 促进城镇化的发展进程。

# 第三节　城镇规划用地布局

## 一　城镇空间结构

整个规划区形成"一带、一环、两轴、三组团"的组团式布局空间结构形态。

一带，即围绕玉带河形成的滨河绿化带；

一环，即恢复青岩镇古城墙，沿青岩镇外城墙规划公共绿地，使古镇外形成一绿环，有助于提升古镇形象；

两轴，即由南向北主干道形成的人文景观轴；

四组团，即以青岩古镇为中心的城镇古镇组团；

以城镇东面新区镇政府为中心的新区发展组团；

以龙井中学南面工业为中心的产业布局组团；

玉带河沿岸的旅游发展组团。

## 二  居住用地

规划一方面整治古镇内居住用地，迁出部分古镇居民，另一方面将新的居住用地与滨河绿化带和山体绿化相结合，形成环境优美、生活舒适的居住环境。规划居住用地面积为 60.68 公顷。

## 三  行政管理用地

规划考虑保留古镇内与居民生活较为紧密的部分行政管理用地，镇政府搬迁至规划新区，形成行政办公为主的组团。规划行政管理用地 6.41 公顷。

# 第四节  城镇发展条件与规划对策

## 一  概况

近几年来，青岩镇的城镇建设得到快速发展，城镇面貌得到有效的改善，特别是借青岩古镇的建设，对城镇道路、河道治理、给排水等市政基础设施进行了重点改造及建设，并新修建了城镇过境路及城镇公共活动空间及公共绿地。随着城镇过境路建设，不仅有效地疏散了旧城区的交通压力，而且有效地拓宽了城镇发展空间，城镇面貌得以进一步的改善。到 2005 年底，青岩镇镇区建设用地现状为 66.87 公顷，人均建设用地 89.89 平方米。

## 二  存在问题

青岩镇是贵州省四大古镇之一，国家级历史文化名镇。青岩镇有优良的气候条件，适宜人居住的自然环境，不可多得的山水条件，突出的区位和交通条件，但目前仍然存在一定问题，主要表现在以下几方面：

（1）城镇建设用地结构不合理

各类用地均围绕现有过境路发展，城镇中心不显著，城镇建设仍主要集中于古镇周围，建筑密度偏大，对古镇保护及发展不利。

（2）古镇周围城镇建设形象较差

到达青岩古镇，没有一个清晰的古镇浏览入口，相反给大家留下的第一印象是凌乱的商业建筑，堆满垃圾的农贸市场，对古镇的旅游发展不利。

（3）青岩镇旅游服务配套设施缺乏

未来青岩镇将依托历史悠久的古镇大力发展旅游，但目前旅游接待及旅游服务配套设施严重缺乏。

（4）城镇道路交通系统不完善

道路等级偏低，城镇对外交通与城镇交通的转换不够通畅，城镇建设依旧存在沿路线拓展的趋势。

（5）城镇特色不鲜明

青岩古镇具有悠久的历史及良好的自然与人文环境，但由于在长期的发展过程中忽视了对城镇风貌的挖掘和展示，在新区建设中没有突出青岩古镇的风格与特点。

（6）城镇绿地严重不足

城镇用地中绿地面积比例偏低，与青岩镇的城镇发展定位和环境特点极不相称。

（7）城镇空气污染较严重

城镇空气污染较严重，主要由于部分居民生活以烧煤为主。另外，由于几个大型的工厂离古镇距离较近，排出大量废气。

（8）市政设施配套不完善

市政设施是城镇发展的基础。市政设施配套不完善，已成为制约城镇发展的一项主要因素。


三　规划对策

（1）调整完善城镇空间结构，协调城镇与古镇空间的关系；

（2）对青岩古镇的保护与发展作进一步的研究；

（3）完善镇区的游览组织规划；

（4）确定新的行政办公中心；

（5）提高道路等级，完善道路交通体系；

（6）探求青岩城镇特色的内涵；

（7）创造优美城镇绿地景观环境；

（8）搬迁现有工厂，建立新的工业组团，拓展城镇发展空间；

（9）加强基础设施建设，完善城镇配套设施；

（10）扩大城镇规划区范围，拓展城镇空间。

# 第五节　城镇综合交通规划

## 一　现状分析

（一）概况

至 2004 年，城镇基本无自己的道路系统，城镇各项功能基本沿过境公路展开。功能混淆，道路等级偏低，人车混行过境道路穿城而过，与城镇功能相互干扰。

（二）城镇交通存在的问题

1. 古镇与外围联系通道不足。

青岩古镇没有考虑消防通道规划，古镇与外围联系通道不足。

2. 道路网络系统性差，尚未形成完善的系统。

现状主要以过境路为主，道路两旁占道经营严重。部分辅助路面不通畅，且道路断面设计不尽合理，市场占道经营情况比较严重。

3. 交通和用地关系协调性较差。

4. 静态交通设施发展滞后。

静态交通设施缺乏，缺少停车场和广场。停车设施的缺乏致使占道和占用居民区公共空间停车的现象经常发生。城镇摩托车大量使用，但对其停放缺乏系统的规划和管理。城镇停车设施供给不足将影响动态交通运行和城镇机动化水平提高。青岩古镇东门的交通混乱现象比较明显。

## 二　交通发展策略

（一）交通发展目标

1. 提供快速、安全、舒适、经济的高服务水平的交通服务。

2. 构筑层次分明的、高水平的、服务于游客及居民的绿色环保的旅游交通系统。

3. 建立支持土地开发的城镇道路体系。

应充分发展交通需求管理系统和与用地布局、路网建设、车辆发展相匹配的静态交通系统。

（二）交通发展策略

1. 交通设施优先发展策略

优先发展设施，促进土地利用布局结构的调整和形成。加大对于城镇道路系统的投资和建设力度，政府先进行基础设施的建设，创造有利于周围土地开发利用的良好环境，吸引和促进产业的发展。

2. 绿色环保旅游交通发展策略

提倡在镇区内使用环保型的电瓶车及人力三轮车或马车，方便居民及游客的出行。

3. 交通需求管理策略

协调土地利用和交通发展；利用经济杠杆引导和控制小汽车、摩托车的使用。

4. 静态交通设施发展策略

严格停车管理，制定相应的停车管理法规以管理城镇中心区的静态交通需求；严格划定路边停车区域，杜绝停车占路影响正常交通；停车设施的建设可以通过民间资金的投入进行建设，政府要为停车建设的民营化创造条件。


三　对外交通规划

在尽快完成新过境路修建的同时，对青岩镇至花溪区、青岩镇至其他乡镇、青岩镇至各个中心村的道路进行改造和提升。


四　城镇道路系统规划

（一）道路交通规划原则

1. 道路建设与城镇形态的结合

针对规划古镇、新区两种片区不同的规划构思，相应采取不同的道路建设策略。古镇道路建设充分依托现状道路格局，以调整改造为主，适应古镇用地发展的需求，以理顺、调整、优化为原则，实现古镇内道路的有机更新，同时满足道路的消防要求。新区道路建设策略，贯彻塑造城镇新形象的规划构思，以网络化、系统化的道路网建设支持新城区的发展。

2. 道路建设与土地开发的结合

道路网络规划是在土地利用规划的基础上进行的，道路规划应与土地的开发与规划步骤相互关联，特别是在新区的发展中，其开发的规模与道路网络发展的规模紧密相关，道路网络的建设要与土地开发计划一起制定。通过修建道路促进经济发展的过程中，带动土地的成片开发，扩大道路投资的单位效益。

3. 道路建设近期与远期的弹性结合

在未来的道路建设上应采取系统完善的建设模式，即在规划上充分考虑未来的发展，控制足够的道路用地，任何道路的修建应满足整体道路的功能要求。具体的道路建设，近期完善旧城道路系统，远期在依托新旧城区主要联系通道的基础上渐进式建设新区道路系统。

4. 过境交通需求与内部交通需求相结合

新建过境路有效解决了镇区内的交通问题，在规划中要求在路网上合理分配本地区进出交通，重点保障城镇内部交通，需要建立合理的道路分级标准和道路交通组织原则。同时尽可能对交通进行客运、货运分离，提高运输效益。

（二）道路网规划

1. 道路分级标准

根据青岩镇用地布局的特点、交通现状和道路承担的交通流特征，道路等级按四级设置，分成一级、二级、三级、四级。

一级：25 米

二级：16—24 米

三级：10—12 米

四级：7 米

2. 道路网规划

围绕新的城镇发展格局，以主干道为主骨架，辅以过境路，结合其他次干路，组成自由式的、功能明确、级配合理的城镇道路网络。

从青岩镇范围看，由于现状地形影响，整个镇区路网考虑为自由式路网。规划考虑南北、东西各形成一条一级道路，同时东西向一级道路连接了规划布局中的三个组团，一级道路宽度为 25 米。城镇过境路宽度为 18 米，新过境路的修建有效地缓解了城镇内部的交通。规划中从行政管理组团到古镇修建了另一条东西方向的一级道路，宽度为 25 米，与南北主干道共同隐喻了规划构思"弯弓搭箭，蓄势待发"。沿玉带河规划考虑了 16 米的滨河道路。规划区内次一级干道宽度为 16 米。

### 3. 古镇内消防通道的设置

在保护古镇的前提下要对古镇内部的道路进行调整，主要把东街西街理顺作为主要消防通道，道路宽度不小于 4 米。另外考虑南街北街局部道路与其连接满足消防要求。

### 4. 步行道的设置

步行道的设置主要考虑在古镇内部、旅游发展用地及滨河绿化带内，主要为游客提供方便。

### 5. 道路中桥的考虑

规划中玉带河穿城而过，致使道路中形成了几座桥，部分桥梁为步行桥。

### 6. 道路网红线和断面

不同等级的规划道路红线、断面要求如下：

宽度：主要考虑交通，避震疏散、绿化景观、管线等因素，同时兼顾日照、通风、建筑高度等因素。

断面形式：一块板、两块板。

### 7. 城镇公共客运交通规划

#### a. 绿色环保旅游交通

对镇区内部规划考虑开通绿色环保旅游交通路线，在望城坡至北门之间采用马车。古城内不建议采用车辆，主要以步行为主。在古镇外围，可以采用人力车，方便游客及居民从古镇南门到达北门以及玉带河游览区等，形成青岩镇特有的一种公共交通系统。

#### b. 长途客运站

青岩镇现在没有功能较完整的客运站，车辆随处停放在路边，但镇内客运人流比较大，对现在过境路的交通通行能力造成很大影响。规划中在规划区南面考虑了一个长途客运站，同时方便古镇居民、新区居民及游客到达青岩镇。

### 8. 城镇货运交通规划

青岩镇城镇货运交通主要考虑在过境路以西，与产业布局组团联系紧密。同时，靠近长途客运站的地方考虑了部分货运交通用地。

## 五　其他设施规划及政策建议

（一）社会停车场

城镇公共停车场分外来机动车公共停车场、镇内机动车公共停车场和自行车公共停车场。

外来机动车公共停车场布置在城镇出入口道路附近，主要停放货运车辆；市内机动车公共停车场主要布置在交通枢纽和大型人流集散地。自行车公共停车场主要布置在商业中心、体育设施和文娱设施等地。

在古镇西门、南门和北门分别考虑三个停车场，新区结合农贸市场考虑一个大型停车场，同时旅游发展用地规划一个停车场。

（二）广场用地

古镇内规划三处广场用地，局部地段规划开敞空间。规划新区内结合行政管理用地及规划轴线建一个市民广场。

（三）加油站

城镇公共加油站按服务半径设置一个加油站。

# 第六节 古镇保护规划

## 一 规划背景

青岩是一个有600多年历史的文化古镇。其文化特点在全省都有非常鲜明的特征。20世纪80年代后期，更成为省、市重点文物保护单位，是贵州六大文化古镇之一。青岩的文化，主要表现在历史文化、建筑文化、宗教文化、民族文化等几个方面，构成了青岩文化独有的特色，是青岩对外宣传、观光和旅游的最亮点。

城镇总体规划中，整个镇区分为三个组团进行考虑，古镇建设组团、新区发展组团及产业布局组团，其中古镇组团的规划立意对古镇的保护显得尤为重要。

## 二 青岩古镇风貌研究

青岩城周围的城墙，以方形巨石垒砌而成，其中，位于南边的定广门城楼为两层楼，飞檐斗拱，气势宏伟。城墙、城门、城楼与城内的九寺、八庙、八牌坊、五阁、三洞、二祠、一院、一宫、一楼组成遍布全镇的古建筑群，与古道、石街、青瓦木屋交相辉映，显出古镇幽雅、古朴的氛围，是青岩区别于其他历史文化城镇的显著特点。600多年的历史，留下了30余处珍贵的文化遗产，形成了青岩镇特有的建筑文化。

青岩国家级历史文化名镇的主要构成要素为：

A. 古城垣：明天启年间由土司官班麟贵修筑，是为旧城，也称内城。崇祯十一年（1638 年），班麟贵子应寿改土城为石城，是为新城，也称外城。嘉庆三年（1788 年），邑人武举袁大鹏倾其家财，亦得乡绅民众支持，修复如初。修复后的城垣依山势而建，蜿蜒曲折，多筑于悬崖之上，仍沿用本地产经加工方整的大块青岩石砌成，高 4 米多，全长约 2000 米。东、西、南、北四城门增设敌楼、垛口，坚不可摧。咸丰三年（1853 年），青岩团务总理赵国澍又重修，并扩建南城门洞为定广门。

B. 石雕牌坊群：青岩石牌坊是除古城垣之外最具特色、最有代表性的古建筑，原在城四门内外分别建有 8 座（平圌氏节孝坊、吴张氏节孝坊、李姓妯娌节孝坊、王张氏、赵车氏节孝坊 5 座已毁），现存 3 座（赵彩章百岁坊、赵理伦百岁坊、周王氏媳刘氏节孝坊）是贵阳地区保存最好的石牌坊，石材均为本地所产白棉石，设计风格基本一致，工艺精美，造型奇异、美观，均已列入市级文物保护单位。

C. 古建筑：经数百年而留下的寺庙楼阁、宫院府祠，体现了青岩古建筑的集中性，在当今的贵阳已不多见。其建筑特点是雕梁画栋，飞甍翘角，装饰精细而不浮华。主要有迎祥寺、慈云寺、寿佛寺、万寿宫、文昌阁、赵以炯故居等。

D. 其他文物遗址：青岩在其 600 多年的历史中，留下了各种历史人物活动遗迹和墓葬等历史文化遗址。较重要的有咸丰年间震惊中外的"青岩教案"遗址，1985 年列为省级文物保护单位；第二次国内革命战争时期的"红军作战指挥部"遗址和"红军坟"等。著名的历史人物，有辛亥革命老人平刚、抗日战争时期周恩来的父亲、邓颖超的母亲、李克农等革命家及其亲属居住过的民居，现已成为青岩旅游的重要景点。


### 三 规划原则与主要内容

青岩古镇保护规划主要解决对被保存对象美好环境风貌予以保护。保护传统格局和街道空间轮廓构图，对传统街区加以保护，修复保存历史建筑精华和艺术价值高、造型优美、反映城镇风貌物色的典型民居；对保护外围的民居进行现代化生活设施的改造；配合旅游，增添社会文化、休息活动场所、建筑小品等内容；提高绿化率、提高基础设施水平。与此同时，明确古镇发展方向及近期建设项目内容，把古镇保护与经济发展联系起来。

（一）规划原则

根据继承、保护、发展相结合的原则，一次规划，分阶段实施，立足近期，远近结合。近期将解决古镇风貌的保存与恢复、抢救临危的历史建筑、协调改造原有建筑的风格。远期达到城镇布局合理、功能齐全、生活居住环境优美、市场繁荣之目标。

（二）规划指导思想

保护古镇风貌、抢救历史建筑、开拓旅游环境、改善居住质量、促进经济发展、树立精品意识。

（三）规划定位

1. 发展青岩是贯彻贵阳市区域点轴发展策略、强化贵阳市城镇规划区域内南北西三个发展轴、实现市域空间与省域城镇空间衔接点。

2. 根据贵阳市总体规划，青岩城镇等级为Ⅳ，是贵阳南部的中心城镇。

3. 规划范围：保护区 59.9 公顷。

（四）青岩古镇保护区划

1. "面"的保护

（1）一级保护——绝对保护区

绝对保护区是反映古镇风貌特色的主要部分，包括古镇城区的东街、西街、南街、北街、背街等有主要特色的街巷空间和重要的历史建筑、革命及名人遗址，古城墙、古驿道、古牌坊、典型民居等，面积 4.66 公顷。

（2）二级保护——严格控制区

严格控制区是绝对保护区外围的部分，东以书院街、油榨巷为界，西至西下院巷、西山堡止，南与 101 省道相接，北以青马路赵状元街为界，面积 18.3 公顷。

（3）三级保护——环境协调区

环境协调区范围是古镇城区内除一、二级保护区以外的地区，面积 59.9 公顷。

（4）外围保护地带

位于环境协调区的外围，与古镇密切相关的地段。

2. "线"的保护

"线"的保护主要指对街巷空间的保护。对古镇街区的东街、西街、南街、北街、背街及城区数条小巷，保持街道空间的亲切尺度，富有生活气息的风貌气氛，随弯就曲，不求平直，保持街巷景观轮廓变化，维持步行街性质。

规划要求保持原有道路的线型及尺度，除了增设部分疏散通道外，均以步行街为主，必要时微型急救车、消防车能进入街区；年久失修的原有街巷，应加以修整，路面仍以青条石铺砌，质朴而具有浓郁的地方特色；沿街建筑的保护应以维护和加固为主，不得随意拆除或重建，以保持原有的丰富的景观轮廓，保持道路空间尺度和外围环境。

3. "点"的保护

即对分散于古镇的历史建筑文化古迹、革命及名人遗址、有特色的典型民居的保护。

### 四 现状存在的主要问题

1. 长期以来旅游业发展滞后。青岩拥有国家级历史文化名镇的头衔，拥有省级地质公园，拥有众多的文物古迹和优良的风景旅游资源，但长期以来，旅游发展力度较小，没有较好地利用和开发这些旅游资源促进当地经济发展。

2. 古镇保护方法不当。由于长期以来，城镇建设集中在古镇发展，加之对古镇内文物古迹外的历史街区的保护力度不够，对古城保护的理解不深，或保护方法欠妥，致使古镇内出现了很多形式、体量、色彩与古镇格格不入的新建筑，破坏了古镇古朴、宜人的城镇空间。

3. 古城内人口密度、建筑密度较大，缺乏绿地，道路狭窄，建筑拥挤，卫生设施较差，居住环境低下，存在较大的防灾隐患，也适应不了现代生活的要求。

4. 由于资金缺乏，古建筑恢复、保护工作困难，对古镇保护极为不利。

5. 长期以来古镇的居民以煤作为主要燃料，再加上外围黄磷厂等企业的影响，环境污染一直成为古镇发展的隐患。

### 五 古镇保护及可持续发展的措施

1. 要严格执行《青岩古镇保护规划》中有关保护区划、文物古迹保护、历史街区保护的规定和措施，制定《青岩国家级历史文化名镇保护》条例，制定严格的奖惩措施，作为古镇今后一切建设行为的准则。

2. 对部分古老的民居实行挂牌保护的方法，切实保护好文物古迹之外的传统民居。

3. 搬迁古镇中一些不适宜的单位，如学校、行政办公、农贸市场等，将其用地改为与古镇保护一致并为旅游发展服务的用地，如民居式旅馆、特色餐馆、休闲绿地、茶室、特色商店、特色手工作坊等。

4. 本着经济合理、统一规划、分步实现的原则，对于传统建筑中经鉴定认为值得保留的予以保留；对于建筑破旧、没有保留价值的予以拆除重建；对于建筑体量过大的，降低层数、全面改造；建筑风格过于现代化的，予以改造。建筑形式必须与古城传统建筑相协调。

5. 增加部分停车场地、绿地广场等用地，局部道路要保障消防车辆的通行，也作为古镇防灾疏散通道，提高古镇防灾能力。

6. 严格保护古镇中的古树名木，新配置的树木在绿化树种的选择上要本着体现古风古韵为主要原则。

7. 适当疏散古镇中的居民，降低人口密度，提高古镇的居住环境质量，切实做好古镇居住的可持续发展工作。

8. 尽快建设花溪至青岩的煤气管道，禁止古镇中将煤作为主要燃料。

## 第七节　游览组织规划

### 一　规划指导思想

花溪区旅游发展规划提出深入贯彻贵州省党委、政府《关于加快旅游业的发展的意见》，实施贵州省旅游业规划中将花溪区建设成为山水、休闲旅游区的战略，以"生态大区、文化大区、旅游大区"为建设目标，全面构筑旅游产业体系，完善城乡、景区旅游服务功能，保护环境，提升品位，促进多种经济成分参与旅游业开发，推动旅游业向市场化方向发展，把旅游业培育成为花溪区国民经济的重要增长点和支柱产业，实现生态、文化、旅游的有机结合，促进国民经济和社会发展全面进步的规划指导思想。

同时，花溪区旅游发展规划把青岩镇划为旅游南线片区，提出"突出南线、美化西线、开放北线"的战略手段，将南线建设成为以青岩古镇为中心的历史人文旅游区。

结合上一级旅游规划，规划对青岩镇提出实施以"生态大区、文化大区、旅游大区"为建设目标的战略，全区一盘棋，将青岩古镇建设为历史人文旅游区。围绕着"保护先行、以游促保"的规划思路，在项目旅游开发

SWOT 分析、老街旅游开发与管理态势分析以及市场调查和当地居民调查分析的基础上，完成旅游设施开发规划、旅游产品开发规划、旅游解说系统开发规划、品牌塑造与市场营销、人力资源开发规划的指导思想。

### 二 规划目标

本着"保护先行、以游促保"的规划思路，全面提升青岩镇旅游形象、丰富旅游产品内容、扩大旅游产出规模，为旅游者和驻留者提供具有国际水平的旅游服务和公共游憩环境，使青岩镇真正成为贵州名镇，打造"花溪旅游到青岩，古镇古风最精彩"的古镇旅游。

### 三 镇区旅游资源

（一）旅游资源

1. 青岩自然山体景观（油杉林、狮子山省级地质公园）

2. 青岩自然水体景观（青岩河）

3. "青岩教案"等重大事件

4. 青岩宗教节会及民俗活动

5. 青岩古镇居民在长期发展过程中形成的、在黔中地区颇负盛名的青岩饮食

6. 青岩古镇及主要文物古迹（真武宫、龙泉寺、观音庙遗址、赵明炯状元府、张公馆、川祖庙、天主教堂、黑神庙遗址、万寿宫、慈云寺、迎祥寺、药王庙、李克农家属曾居地、周恩来之父曾居地、内城门、基督教堂、财神庙遗址、邓颖超之母曾居地、赵理伦百岁坊、定广门、古驿道、百岁坊、周王氏媳刘氏节孝坊、刘家大院、字葬塔遗址、朝阳寺、文昌阁、赵公专祠、青岩书院、孙膑庙遗址、寿福寺、财神庙遗址、彭家公馆、古城墙）

7. 青岩土特产品（豆干、青岩玫瑰糖、"双花醋"、青岩糯米酒等）

8. 重大地方节日（端午"游百病"、青岩大佛会等）

9. 青岩服饰文化

（二）旅游资源特点与开发方向

青岩古镇为贵州四大古镇之一，是中国四大教案"青岩教案"的发生地，古城风貌完整、民风淳朴、景点众多，集宗教文化、军事文化、贵州民间文化、自然风光、民族风情等旅游元素于一体，具有较高的旅游价值。

以青岩古镇为核心，加快新区建设，围绕省委"建设旅游大省"的目

标，坚持"大力加强旅游基础设施建设，努力构建特色旅游产品体系，推进旅游体制改革，大力开拓旅游市场，自然环境与人文环境并重"，按照区委"开辟游客市场渠道，发展外向型休闲商业，带动旅游商贸产业的快速发展"的指示，"以提高旅游消费水平为指导，加强景区景点环境整治，增强旅游配套设施功能，大力开发旅游商品，提高旅游行业和管理水平"，有效开发利用村级旅游资源，形成文化旅游、山水旅游、休闲旅游并存的古镇旅游格局。

### 四　旅游策划

在旅游的整体发展过程中，旅游策划决定了旅游产品的发展方向及在游客心目中的旅游形象，在青岩镇总体旅游策划规划提出以打造"五个一工程"为青岩旅游的具体代表，即"一人、一树、一戏、一歌、一材"为主题来展开。"一人"即青岩的旅游形象代表人；"一树"即在青岩古镇上今后的绿化树种以一种树为主，在主要街道、主要公共空间都要以这种树为主要树种；"一戏"即以青岩地方戏剧、民族歌舞为主打造一台具有浓郁地方特色、让人耳目一新的歌舞晚会；"一歌"即以青岩为主题编制一首脍炙人口的歌曲，并通过媒体广为传播。

### 五　镇区游览组织规划

青岩古镇的选址充分利用了周边地理环境，东面开敞辽阔，其余三面依山而踞，街巷组织蜿蜒曲折、四通八达，房屋结合街巷而组合，形成了整个古镇丰富和谐的街景空间，具有很强的感染力，对中外游客有很大的吸引力。

规划将对古城现状房屋进行分级管理控制，依照《青岩古镇保护规划》，根据对古城风貌的影响情况，或保留，或改造，或拆除；对于新建房屋，严格控制其形式，保证"历史古镇"的主题形象。

规划采取以下措施进一步繁荣青岩古镇的旅游发展，振兴地方经济：

（1）发展商业，特别是旅游商业，增加古镇活力。

（2）旅游景点、旅游线路、旅游重点区域合理布置，实现点、线、面的有机结合。

（3）古镇内不宜发展一般意义上的大体量的商业建筑，可根据现有民居改造成为家居式的旅馆、商店，突出"民俗旅游"的特点。

（4）对古镇周边原有山林予以保护，在古镇东部、北部拆除原有建筑，在即将恢复的古城墙与道路之间作为绿化带，以保障古镇与新区之间有一个过渡带。在古镇周边增加绿化密度，绿化古镇。

（5）增加文化韵味，充分利用原有设施，亦可设置相应的文化设施，进行地方民族文化和民俗的展示、表演。

（6）在不破坏古镇风貌的前提下进行基础设施的建设，搞好古镇的硬件体系。

为保证青岩古镇的可持续发展，更好地保护及利用古镇，促进旅游业的发展，在总体战略指导下，镇区游览组织规划提出以青岩镇文化为主线，综合考虑旅游系统规划。规划在古镇上组织"环状 + 十字形"的旅游主游线，作为古镇风貌游览线路。

古镇风貌游览线路根据古城内文物古迹、传统街巷、传统民居及古井、古树、牌坊等景点的分布，同时考虑游客不同的游览时间和兴趣，规划以南北街、东西街、古城墙为主要游览线路，结合青岩堡、迎祥寺、慈云寺、寿佛寺、万寿宫、文昌阁、赵以炯故居、赵彩章百岁坊、赵理伦百岁坊、周王氏媳刘氏节孝坊等文物古迹的修复和用地的恢复，组织游览。通过几条游览线路基本上能反映古城风貌特色的主要部分。旅游线路为：望城坡、北城门、南北街、南城门、环状城墙。同时，为了完善旅游设施，在主次游路上安排旅游公厕、旅游餐馆、旅游购物、停车场等主要服务于游客的旅游设施，在望城坡至北城门之间可以用轿子、马车等作为游客的交通工具。

在古镇的整体规划中，滨河带将古镇及新区的旅游点联系起来，规划考虑在滨河带内部设置一些小品及茶室为游客提供傍晚活动项目，也作为古镇风貌游之后带有一定休闲性质的次要游线。

青岩古镇还有一个旅游主题即红色旅游，发展红色旅游以下三个层面的意义值得关注：一是发掘红色旅游的文化意义，红色精神是一种共同的人类文化遗产，是塑造国际形象的新窗口；二是红色旅游是新时期精神文明建设的创新；三是，发展红色旅游也是落实科学发展观的新样板，是我国进入综合转型期的一个典型示范工程。

发展红色旅游的关键，是要真正启动消费市场，要按照旅游规律和市场规律，结合消费结构变化，真正启动一个长期、稳定、健康的红色旅游市场。

红色旅游遗产保护要有新的遗产保护理念，要探索和创新多种形式。除建立陈列馆等方面，需要研究特殊的保护标准，研究多种形式的保护方式。可以考虑采取影视、歌曲等形式，与发展乡村旅游紧密结合起来。此外，红色旅游资源十分丰富，建议对遗产进行分级和分类，分为国家级、省级和市级。对红色旅游资源保护，国家不可能全部承揽下来，要分层次进行管理。需要认真挖掘红色精神实质，挖掘红色旅游独特内涵与规律。

青岩镇有邓颖超之母曾居地、李克农家属曾居地、周恩来之父曾居地等旅游遗产，规划中考虑单独为游人参观介绍。

### 六 镇区文化产业及旅游商品规划

（一）文化产业规划

青岩古镇具有很多的地方文化，主要指当地的饮食文化、民族文化及戏曲文化。当地非常有特色的一些小吃及食品，规划结合古镇主街及旅游服务设施用地考虑布置。规划结合现状用地在古镇西南部规划了部分旅游服务设施用地。民族文化在规划中主要体现在民族服饰及民族歌舞的表演，如布依族、苗族的民间歌舞等。规划区北部规划了一个民族村，在古镇内还安排了一些地方戏曲的演出，一些广场等用地可作为节假日或旅游旺季民族歌舞活动场地。

第一，规划在南北街上设置一些以民族手工艺、民族绘画、特色饮食、民居式旅馆等为主的商业内容，结合旅游业的发展，展示青岩的传统工艺，同时结合青岩地方习俗，保留现状茶馆并增加一些茶馆，体现古城的生活氛围。

第二，在古镇中，建筑风格必须严格遵循传统建筑风格，保留传统格局和整体形态，以保护青岩的建筑文化。

第三，保护现有的宗教建筑，加强宣传，并将一些具有地方特色的文化活动穿插在旅游组织中。在一些主要的文化广场上，可作为一些地方节目、文化演出的主要场地。

第四，保留青岩古镇中传统的"街子"，保留青岩的商贾文化。

第五，保护传统的社会交往点，恢复具有典型意义的构筑物和建筑物，如一部分已经倒塌的牌坊；恢复传统老字号店铺，使古镇具有鲜明的历史痕迹。

第六，保持古镇中原住居民的数量，维护古镇的社会网络和生活氛围，从而使古镇具有传统的脉络和文化根基。

（二）旅游商品规划

丰富的物产和民间生产的各种食品，构成青岩独特的饮食文化。刺梨是青岩有名的特产，在清代，青岩一带的苗族便能采摘山野盛产的刺梨合以糯米酿制刺梨酒，作为喜庆佳节的必备饮品。咸丰、同治年间，青岩的龙井寨、关口寨布依族所创的刺梨糯米酒不仅味纯香溢、爽口回甜，并且成为贡品，贵州相关史料中均有记载。解放后青岩生产刺梨酒仍久盛不衰，成为当地民众生活中不可缺少的佳酿，销售市场十分兴旺。青岩状元赵以炯孩提时就曾作过一首《咏刺梨》诗："生在山间不入盆，擅妍不肯进朱门。却和龙井酿成酒，贡上唐朝承圣恩。"

与刺梨酒一样，作为手工业和商业发达的青岩，百年老字号的土特产品还有双花醋、玫瑰糖、鸡辣椒、豆腐果、脚板皮等，不仅名盛旺销，也反映出青岩饮食文化的丰富内涵，色香味俱全，酿制加工考究，成为有名的黔系食品。青岩卤猪脚等新开发出来的系列食品，已成为旅游休闲度假者所钟爱的佳肴美味。

在旅游商品发展上，规划考虑在工业片区设置旅游商品加工地，对当地的民族工艺品（民族服饰、民族工艺品等）及旅游食品（青岩豆干、青岩玫瑰糖、青岩"双花醋"、青岩糯米酒等）进行加工。同时，加工过程可供游客参观，作为体验式旅游的一种尝试。今后，根据地方旅游发展的需求，进一步将各种文化融会贯通，如在服饰上、木雕中体现历史名人及与青岩有关的近现代人物、典型建筑、标志物等。

### 七　古镇游客控制

古镇范围约 40 公顷，规划依据名城（镇）保护的有关原则，本着古镇居住环境、旅游环境可持续发展的原则，对古镇的游客量要进行一定的控制。

古镇内的游客主要为线状分布和点状分布。古镇道路面积为 4 公顷，取日周转率 1，可容纳游客 8000 人。主要的服务设施用地约 9 公顷，取日周转率 1，可容纳游客 2000 人。古镇的合理游客量为 10000 人，最大极端容量为15000 人。在新区要积极建设旅游用地，以分担古镇的游客。